Entrevista a un seductor

Kathryn Ross

Editado por HARLEQUIN IBÉRICA, S.A.
Núñez de Balboa, 56
28001 Madrid

I.S.B.N.: 978-84-9000-424-1
Depósito legal: B-26806-2011
Editor responsable: Luis Pugni
Preimpresión y fotomecánica: M.T. Color & Diseño, S.L.
C/ Colquide, 6 portal 2 - 3º H. 28230 Las Rozas (Madrid)
Impresión en Black print CPI (Barcelona)
Fecha impresion para Argentina: 26.3.12
Distribuidor exclusivo para España: LOGISTA
Distribuidor para México: CODIPLYRSA
Distribuidores para Argentina: interior, BERTRAN, S.A.C. Vélez
Sársfield, 1950. Cap. Fed./ Buenos Aires y Gran Buenos Aires,
VACCARO SÁNCHEZ y Cía, S.A.
Distribuidor para Chile: DISTRIBUIDORA ALFA, S.A.

Capítulo 1

VAYA, mira quién acaba de entrar en recepción –murmuró Marco Lombardi con evidente satisfacción.

John, su contable, apartó la mirada de los complejos informes financieros que estaban examinando y siguió la dirección de la mirada de su jefe hacia los monitores de seguridad.

–¿No es esa la reportera que lleva un par de días merodeando en torno al edificio Sienna? –preguntó con el ceño fruncido.

–Desde luego que sí –Marco sonrió–. Pero no te preocupes, John; está aquí porque ha sido invitada.

–¿Invitada? –repitió John, asombrado–. ¿Vas a concederle una entrevista?

–Podría decirse algo así.

–Pero tú odias a la prensa... ¡nunca concedes entrevistas!

–Eso es muy cierto, pero he reconsiderado mi actitud.

John miró a su jefe con expresión de incredulidad. Marco Lombardi siempre había preservado celosamente su intimidad y, desde que se había divorciado, hacía dos años, su actitud hacia la prensa se había endurecido aún más.

Sin embargo, había invitado a la periodista que, en su opinión, más problemas podía causarle. Siempre estaba husmeando; fuera donde fuese Marco, allí aparecía la señorita Keyes, haciendo preguntas sobre su adquisición de la empresa de productos de confitería Sienna, un trato supuestamente secreto y que se hallaba en las últimas y delicadas fases de negociación. Se trataba de un acuerdo perfectamente legal, pero aquella mujer le hacía sentir que estaban haciendo algo ilegal.

–Y... ¿por qué? –preguntó finalmente John, consciente de que Marco Lombardi era un hombre conocido por su astucia.

–Hay un viejo dicho sobre la conveniencia de mantenerte cerca de tus amigos, y aún más cerca de tus enemigos –contestó Marco–. Digamos que lo estoy poniendo en práctica.

John volvió a mirar el monitor y vio que Isobel Keyes miraba con impaciencia su reloj.

–¿A qué hora estaba citada?¿Quieres que me lleve todos estos papeles a otro despacho?

–No. La señorita Keyes puede esperar. Ya ha sido bastante afortunada por recibir esta invitación, de manera que, sigamos adelante con nuestro trabajo.

–¡Ah! –John pareció comprender de pronto la estrategia–. Vas a mantenerla distraída hasta que el trato quede cerrado, ¿no?

–Más que distraída, voy a mantenerla ocupada –Marco sonrió–. Y ahora, concentrémonos de nuevo en el trabajo.

John no pudo evitar experimentar una punzada de compasión por la joven periodista que aguardaba fuera con su formal traje de trabajo. Probablemente se estaba sintiendo muy satisfecha consigo misma por haber conseguido una entrevista con el escurridizo multimillonario. Pero no tenía la más mínima oportunidad si pensaba utilizar su ingenio contra Marco Lombardi.

Isobel no estaba nada satisfecha con aquella situación. Una hora antes había estado a punto de averiguar con exactitud lo que estaba sucediendo con la empresa Sienna. Había conseguido una entrevista con uno de los principales accionistas de Sienna, pero había sido cancelada a última hora y su editora le había ordenado que olvidara el asunto.

–Tengo algo mejor para ti –dijo Claudia con evidente animación–. Acabo de recibir una llamada del director. Aunque resulte difícil creerlo, Marco Lombardi ha aceptado conceder al *Daily Banner* una entrevista en exclusiva.

Isobel se quedó asombrada. Había tratado de entrevistar a Marco Lombardi en varias ocasiones y nunca había logrado llegar más allá de su secretaria.

–¿Va a hablarme de sus planes para hacerse con Sienna? –preguntó, esperanzada.

–Olvídate del aspecto profesional de la historia, Isobel. Lo que queremos es una mirada perspicaz a la vida personal del señor Lombardi, a lo que realmente hubo tras su divorcio. Esa es la historia que quieren los lectores, y supondrá un buen negocio para el periódico.

Las palabras «cortina de humo» surgieron en la mente de Isobel. Sabía que la mayoría de los periodistas se habrían sentido extasiados ante la posibilidad de conseguir una entrevista con el atractivo italiano. Pero ella era una periodista seria, no una simple transmisora de cotilleos. ¡No quería hacer una entrevista en profundidad sobre la vida amorosa de Marco! Quería escribir sobre los trabajos que había en juego.

En su opinión, su periódico había hecho un trato con el diablo. Como de costumbre, las consideraciones comerciales se habían impuesto sobre cualquier otro argumento.

–Ya puede subir, señorita Keyes –dijo la recepcionista con una sonrisa–. El despacho del señor Lombardi está en la planta superior.

¡Aleluya!, pensó Isobel con ironía mientras miraba su reloj. Sólo llevaba esperando una hora, y estaba seguro de que había sido a propósito.

Trató de serenarse mientras subía en el ascensor. No tenía más opción que tragarse sus principios y ofrecer al periódico el artículo que le pedían, por mucho que le enfureciera hacerlo. Porque Marco era la clase de hombre que despreciaba, capaz de hacer lo que le venía en gana sin sopesar las consecuencias. Y ella tenía más motivos para saberlo que la mayoría, porque aquel era el hombre que compró la empresa de su abuelo hacía once años, empresa que había ido desmantelando sistemáticamente, rompiendo el corazón de su abuelo en el proceso.

Por lo que a ella se refería, Marco Lombardi tan sólo era un charlatán despiadado. Y no entendía por qué se especulaba tanto sobre su divorcio. Para ella era evidente el motivo por el que había roto con su esposa; siempre había sido un mujeriego. De hecho, todo el mundo se quedó asombrado cuando anunció que iba a casarse. Y, desde su divorcio, había sido fotografiado por la prensa junto a una mujer distinta cada semana. Es más, algunos sectores de la prensa lo habían tildado de rompecorazones.

Cuando se abrieron las puertas del ascensor, Isobel respiró hondo y, como siempre, se recordó que no podía permitir que una serie de ideas preconcebidas nublaran su juicio.

–Por aquí, señorita Keyes –una secretaria le abrió la puerta de un despacho con unas magníficas vistas panorámicas de Londres.

Pero no fueron las vistas las que atrajeron la atención de Keyes, sino el hombre sentado tras el gran escritorio que dominaba el despacho.

Había oído hablar tanto de él a lo largo de los años que, al verse de pronto ante su Némesis, se sintió ligeramente nerviosa.

Marco estaba centrado en unos papeles que tenía sobre la mesa, y no miró a Isobel mientras se acercaba al escritorio.

–Ah, la señorita Keyes, supongo –murmuró, distraído, como si apenas fuera consciente de su presencia. Su pronunciación del inglés era perfecta, pero Isobel notó con preocupación que su aterciopelado acento italiano estaba cargado de atractivo sexual.

Vestía una camisa blanca que dejaba atisbar la fuerte columna de su cuello. El blanco de la camisa contrastaba con el tono moreno de su piel y el vello negro que la cubría.

Cuando se detuvo ante el escritorio y sus miradas se cruzaron, su corazón experimentó un peculiar sobresalto.

Marco Lombardi era un hombre muy atractivo, pensó. Su fuerte estructura ósea le confería un aura de determinación y poder, pero eran sus ojos los que la tenían cautivada. Eran los ojos más asombrosos que había visto nunca: oscuros, seductores y extraordinariamente intensos.

No entendía por qué estaba tan sorprendida, pues hacía tiempo que sabía que era un hombre atractivo. Su foto no dejaba de aparecer en la prensa, y las mujeres no paraban de hablar de lo guapo que era. Pero ella siempre había pensado que la falta de ética ensombrecía el posible atractivo de cualquiera; por eso le desconcertaba tanto sentirse tan... hipnotizada.

—Siéntese y póngase cómoda —dijo Marco a la vez que señalaba la silla que había ante su escritorio.

Isobel era muy consciente de que le estaba dedicando una mirada de burlona indiferencia, algo que no podía sorprenderla. Sabía muy bien que nunca podría estar a la altura de las mujeres que atraían a Marco; para empezar, su exesposa era una actriz considerada una de las mujeres más guapas del mundo, mientras que ella era una chica del montón. Su vestido era profesional, su figura era excesivamente curvilínea y llevaba su largo pelo negro, aunque brillante y bien cortado, apartado del rostro en un peinado puramente práctico.

Pero aquel era su estilo. No quería mostrarse excesivamente femenina o glamurosa. Quería hacer su trabajo y que la trataran con seriedad. Y no tenía ningún interés en atraer a hombres como Marco, se dijo con firmeza. Su padre había sido un mujeriego, y ella sabía de primera mano cómo podía devastar aquello la vida de quienes lo rodeaban.

Aquel recuerdo la ayudó a volver a la realidad.

—Al parecer ha tenido éxito en su afán por distraer la atención de la oferta que ha hecho para adquirir Sienna, señor Lombardi —dijo en tono resuelto mientras se sentaba.

—¿En serio? —replicó él con ironía, sorprendido por el tono frío y profesional del Isobel. La mayoría de las mujeres coqueteaban con él. Incluso cuando se mostraban profesionales suavizaban sus preguntas con un aleteo de las pestañas y un exceso de sonrisas.

—Sabe muy bien que sí —respondió Isobel—. Y ambos

sabemos que ese es el único motivo por el que ha decidido conceder esta entrevista.

–Parece muy segura de lo que dice.

–Lo estoy –Isobel alzó levemente la barbilla–. He visto a su contable en las oficinas de Sienna esta mañana.

–Mi contable es un agente libre; puede ir a donde le venga en gana.

–Va a donde usted lo envía –replicó Isobel.

Marco no se había fijado en sus ojos hasta aquel momento. Su batallador destello hacía que brillaran como esmeraldas. Contempló atentamente su rostro. Al principio había pensado que rondaba los treinta años, pero lo que sucedía era que su aburrida forma de vestir hacía que pareciera mayor; en realidad debía tener poco más de veintiún años. También tenía una bonita piel. Podría haber resultado pasablemente atractiva si se hubiera esforzado más con su aspecto. Ninguna mujer italiana se habría dejado ver con una blusa como aquella... ¡sobre todo abotonada hasta el cuello! Tenía una cintura pequeña y parecía muy bien dotada.

Isobel se preguntó por qué la estaría mirando así. Era casi como si estuviera sopesando su atractivo. Aquel pensamiento hizo que se ruborizara, lo que resultaba absurdo, sobre todo teniendo en cuenta hasta qué punto le desagradaba Marco Lombardi. No se interesaría por él ni aunque fuera el último hombre sobre la tierra, y sabía muy bien que él nunca se interesaría por ella.

–¿Trata de decirme que no está interesado en comprar Sienna?

Marco sonrió. Admiraba la tenacidad de Isobel, pero ya era hora de frenarla.

–Deduzco que trata de convertir esto una entrevista de negocios –murmuró.

–¡No! –Isobel se acaloró aún más al imaginar el lío que se montaría en el periódico si llegara a ignorar el encargo que le habían hecho–. Sólo pretendía decir que... sé lo que está pasando.

Marco volvió a sonreír mientras descolgaba el teléfono.

–Deidre, ocúpate de que mi limusina esté esperando fuera dentro de diez minutos.

Isobel sintió que su corazón latía con más fuerza.

–¿Va a echarme por haberme atrevido a interrogarlo sobre un tema del que no quiere hablar? –preguntó, obligándose a sostener la mirada de Marco, aunque por dentro se sintió repentinamente aterrorizada. ¡Si metía la pata en aquella entrevista podía quedarse sin trabajo! El periódico estaba desesperado por obtener una exclusiva; de hecho, todos los periódicos estaban desesperados por conseguir una entrevista con Marco. Su prestigio como reportera podía quedar en entredicho si metía la pata. Además, necesitaba aquel trabajo para pagar la elevada hipoteca que había pedido tras cambiar de piso el año anterior–. Seré sincera con usted, señor Lombardi. Lo cierto es que prefería hacerle una entrevista de negocios, porque eso es a lo que me dedico. Estoy especializada en temas económicos, pero el *Daily Banner* me ha enviado aquí porque ha hecho un trato con usted para conseguir una exclusiva sobre su vida personal. Así que, ¿qué le parece? Porque si no consigo este artículo... bueno...

–Tendría problemas –concluyó Marco por ella, y a continuación sonrió–. Y por ello está dispuesta a ponerse a merced de mi clemencia, ¿no, señorita Keyes?

–Supongo que sí –contestó Isobel, tratando de mantener la calma.

Marco alzó una ceja con expresión burlona.

–¿Ha traído su pasaporte?

–¿Mi pasaporte? –repitió Isobel, desconcertada–. ¿Por qué iba a necesitarlo?

–Ofrecí a su periódico una exclusiva sobre mi vida, señorita Keyes, y suelo viajar mucho –mientras hablaba, Marco empezó a guardar en un maletín los papeles que tenía sobre el escritorio–. Mañana tengo reuniones en Italia y Niza y me voy dentro de una hora. Así que, si quiere su historia, tendrá que venir conmigo.

–¡Nadie me había dicho eso! Sabía que iba a invitarme a su casa, pero...

–Y lo estoy haciendo. Mi casa está en el sur de Francia.

–Pero también tiene una aquí, en Kengsinton, ¿no?

–También tengo casas en París, Roma y Barbados, pero estoy instalado en la Riviera.

–Comprendo –Isobel tuvo que esforzarse por contener el repentino pánico que se estaba adueñando de ella–. Desafortunadamente, no he preparado el equipaje para un viaje a Francia, y no he traído el pasaporte.

Marco estuvo a punto de apiadarse de ella, pero no lo hizo. Isobel Keyes era una periodista y, por lo que a él se refería, los periodistas eran las pirañas que se alimentaban de la vida de los otros.

–En ese caso, me temo que tiene un problema, ¿verdad? Su editora se sentirá muy decepcionada.

Isobel se puso pálida.

–Si pudiera pasar por mi apartamento antes de ir al aeropuerto sólo me llevaría quince o veinte minutos preparar el equipaje –sugirió, desesperada.

–No puedo perder veinte minutos –dijo Marco mientras se levantaba para tomar su chaqueta–. Pero, como seña de buena voluntad, puedo ofrecerle cinco.

Al captar la expresión divertida de su mirada, Isobel

comprendió que en ningún momento había tenido intención de dejarla atrás. Estaba jugando con ella como un gato jugaría con un ratón antes de disponerse a matarlo.

De pronto quiso estar a mil kilómetros de él... pues temía que aquello no augurara nada bueno para su entrevista.

—Podemos irnos en cuanto estés lista –dijo Marco en tono impaciente al ver que no se levantaba.

Isobel se puso rápidamente en pie. ¿Qué otra cosa podía hacer que seguirle la corriente?

Capítulo 2

AL SALIR del edificio en que estaban las oficinas Lombardi fueron abordados por un grupo de paparazis. Gritaron para que miraran a la cámara e insistieron para que Marco respondiera a sus preguntas. Querían saber adónde iba, quién era Isobel, si había hablado recientemente con su esposa...

Marco no pareció inmutarse, y no hizo ningún comentario, pero la intrusión tomó a Isobel por sorpresa. No estaba acostumbrada a estar en aquel lado de la atención de la prensa, y el flash de las cámaras, sumado a las insistentes preguntas, resultaba casi agresivo. Casi se alegró al entrar en la limusina de Marco, con sus ventanas tintadas.

–¿Amigos tuyos? –preguntó Marco irónicamente.

–¡No, claro que no! –protestó Isobel–. ¡No tengo nada que ver con ellos! Son como una jauría de lobos. Ese no es mi estilo de periodismo.

–Ah, sí, lo había olvidado. Eres una periodista seria, interesada tan solo en el mundo de los negocios.

Isobel alzó levemente la barbilla.

–Y soy buena en mi trabajo. Debo serlo, o de lo contrario usted no habría aceptado conceder una exclusiva a mi periódico.

–El único motivo por el que decidido ofrecer una exclusiva es porque los periodistas no dejan de perseguirme para averiguar hasta qué he tomado de desayuno.

Isobel miró por la ventana y vio que varios paparazis los seguían en motos.

–Los artículos sensacionalistas de sus colegas han puesto en peligro más de un importante acuerdo de negocios –continuó Marco en tono sarcástico–. ¿Le suena de algo lo que estoy diciendo?

Isobel frunció el ceño.

–Espero que no esté sugiriendo...

–No estoy sugiriendo nada. Le estoy explicando por qué he decidido concederle una entrevista. Espero que sea una entrevista que acabe con todas las demás entrevistas. Necesito un poco de paz y tranquilidad.

–¿Y por qué eligió el *Daily Banner*?

–Hice mis averiguaciones y, sorprendentemente, su nombre ha salido a la luz en varias ocasiones a lo largo de los últimos ocho meses. Escribió un artículo sobre mi trato con el grupo Alesia, otro muy poco halagador sobre mi adquisición de una cadena de supermercados, otro realmente mordaz sobre mi control del grupo Rolands... ¿Quiere que siga?

–No hace falta, ya lo he captado –murmuró Isobel rápidamente–. En ninguno de esos artículos dije que hubiera hecho nada malo. Todo lo que escribí era cierto.

–Pero bordeaba el alarmismo.

–Escribo sobre economía. Mi deber es informar al público de lo que está pasando.

Marco asintió.

–Y ahora su trabajo consiste en seguirme e informar sobre lo que hago.

–¿Se trata de alguna clase de castigo? –preguntó Isobel antes de poder contenerse.

Marco rió.

–¿Necesito recordarle que hay muchos periodistas que estarían dispuestos a dar un brazo por estar en su lugar?

Isobel pensó que su arrogancia resultaba muy irritante... al igual que el hecho de que tuviera razón.

–No necesita recordármelo. Y no me estoy quejando. Sólo estoy diciendo...

–Que es una periodista seria y que le gustaría escribir sobre mis negocios en lugar de sobre mi dieta, ¿no?

–Exacto. El mundo no necesita otra entrevista intrascendente con una celebridad –dijo Isobel impulsivamente, y trató de corregir rápidamente su error–. Eso no significa que no quiera entrevistarlo, por supuesto...

–Relájese. Sé exactamente a qué se refiere, y estoy dispuesto a hablar de mis negocios y de mi ascensión en el mundo financiero. De hecho, eso es en lo que me gustaría que se centrara el artículo.

Isobel estaba segura de que la información económica que pudiera darle Masco Lombardi sería muy parcial, y le habría gustado decir «sí, claro» en tono despectivo, pero no se atrevió.

–Yo no me preocuparía por eso, porque resulta que a la mayoría de la gente sólo le interesa su vida amorosa.

–Ah, ¿sí?

–Sí. Puede que resulte extraño, pero así es.

Marco sonrió. Empezaba a gustarle la señorita Isobel Keyes. ¿Habría dado con la única periodista que no estaba interesada en remover la basura de su matrimonio?

–¿Cuál fue exactamente la causa de su divorcio? –preguntó Isobel de repente–. Porque todo el mundo pensaba que Lucinda y usted formaban la pareja perfecta.

Marco suspiró. Al parecer, no había dado en el clavo. Como todos los demás, Isobel pertenecía a la especie para la que ningún tema era demasiado personal.

–No nos precipitemos, señorita Keyes –dijo con frialdad.

Isobel se preguntó si sería cosa de su imaginación, pero creyó percibir cómo se cambiaba de repente la expresión de Marco. Resultaba extraño. Habría esperado aquella reacción si estuvieran hablando sobre sus negocios, pero estaban hablando sobre sus relaciones.

¿No le gustaría el hecho de que la prensa lo considerara un mujeriego? ¿Habría aceptado conceder aquella entrevista para dar otra imagen de sí mismo?

La limusina redujo la marcha y al mirar por la ventanilla Isobel vio que se estaban deteniendo ante su casa.

–No tardo –dijo mientras el chófer bajaba para abrirle la puerta.

Una vecina que pasaba por la acera estuvo a punto de tropezar a causa de la sorpresa que le produjo ver a Isobel saliendo de una limusina seguida de Marco Lombardi.

–¿No sería mejor que esperara fuera? –preguntó Isobel mientras Marco avanzaba con ella hacia la puerta de entrada.

–¿Le preocupa que puedan cotillear sobre nosotros?

–¡Claro que no! –Isobel miró de reojo a Marco y notó que había recuperado su gesto de burlona diversión. Probablemente consideraba aquella idea divertida... como si alguien pudiera creer que un hombre que elegía a sus mujeres entre las más bellas del mundo pudiera estar interesado en ella.

Los paparazis que habían seguido a la limusina salieron de sus coches y empezaron a sacar fotos a la vez que pedían a Marco a gritos que se volviera hacia las cámaras.

Isobel se puso tan nerviosa que no logró encajar la llave en la cerradura. Marco se la quitó sin miramientos y abrió el portal sin dificultad. El contacto con su mano supuso una auténtica conmoción, e Isobel la retiró bruscamente, como si se estuviera quemando.

–¿Te agobian los paparazis –preguntó Marco en tono irónico.

–No, claro que no –contestó Isobel mientras pasaba al interior. Lo cierto era que la presencia de los paparazis la afectaba, pero no tanto como la cercanía de Marco. Y nunca en su vida se había sentido tan nerviosa como cuando éste la siguió por las escaleras hasta su piso, que estaba en la primera planta.

Al notar la curiosidad con que miraba a su alrededor, se vio contemplando el lugar a través de sus ojos. Las habitaciones del piso no podían considerarse precisamente espaciosas, y su mobiliario de segunda mano resultaba un tanto ajado a la grisácea luz del atardecer. Seguro que el traje que vestía Marco había costado más que todas sus posesiones juntas.

Aquel pensamiento le hizo volver a la realidad. Era cierto que no tenía mucho dinero, pero aquel no era motivo para sentirse avergonzada. Ella no había contado con apoyos en su vida; procedía de un entorno familiar pobre y había trabajado muy duro para llegar a donde estaba. Además, siempre se había esforzado por tratar a los demás equitativamente, algo que no podía decirse de Marco, que prácticamente arruinó la empresa de su abuelo hasta que el anciano se vio obligado a vendérsela porque no podía competir con él. En cuanto se hizo con la empresa, Marco no perdió tiempo en reestructurarla, lo que implicó despedir a gran parte de la plantilla. Uno de los primeros en ser despedidos fue el padre de Isobel.

Aún recordaba la conmoción de la mirada de su padre cuando les comunicó lo sucedido. Sentado a la mesa de la cocina, con el rostro entre las manos, repitió una y otra vez que no había habido necesidad de despedir a tanta gente, que la empresa seguía siendo rentable. Y su abuelo era de la misma opinión.

–Es pura codicia, Isobel –dijo–. A algunas personas no les basta con obtener unos beneficios razonables. Sólo son felices cuando logran cantidades obscenas de beneficios.

Isobel recordó aquellas palabras mientras miraba a Marco. Cuando éste compró la empresa de su abuelo apenas tenía veinticuatro años, como ella en la actualidad. Doce meses después revendió la empresa y obtuvo un beneficio «muy» obsceno.

Y desde entonces no había dejado de comprar y vender negocios, convirtiéndose en multimillonario antes de los treinta.

Isobel se preguntó si alguna vez tendría remordimientos de conciencia por la forma que tenía de ganar dinero. En cuanto aquel pensamiento pasó por su mente, lo descartó por absurdo. Marco no era la clase de persona que se preocupaba por los sentimientos de los demás, y así lo había demostrado al dejar a su mujer tras dieciocho meses de matrimonio. Cambiaba de mujeres en su vida con la misma velocidad que otros cambiaban las sábanas de la cama.

Al parecer, aquello era algo que tenía en común con su padre.

–Voy a hacer el equipaje –dijo a la vez que se alejaba de Marco–. No tardo.

–Espero que así sea. Hablaba en serio cuando he dicho que sólo tenía cinco minutos.

Isobel fue rápidamente a su dormitorio y abrió el armario. ¿Qué debía llevar para pasar una noche en Francia? No tenía mucha ropa de verano, pero aún estaban en mayo y no esperaba que hiciera calor.

Se volvió al escuchar unos golpes en la puerta, que a continuación se abrió.

–Cuatro minutos y contando –dijo Marco.

–Voy tan rápido como puedo –Isobel metió unos vaqueros y una camiseta en la bolsa y luego abrió el cajón en el que guardaba la ropa interior–. ¿Le importaría concederme unos momentos de intimidad?

–No se preocupe por mí –Marco sonrió, pero, en lugar de irse, se encaminó hacia la ventana de la habitación–. Y no olvide su pasaporte.

–No lo olvidaré.

–Bien –Marco apartó las cortinas de la ventana para echar un vistazo al exterior.

–¿Siguen ahí los paparazis? –preguntó Isobel con curiosidad.

–Desafortunadamente, sí –Marco cerró las cortinas y se volvió hacia ella–. Así que será mejor que se dé prisa; de lo contrario, su rostro aparecerá mañana en todas las portadas de la prensa del corazón junto a un artículo que sugerirá que es mi nueva amante.

–Dudo mucho que suceda eso, señor Lombardi –dijo Isobel, incómoda.

–¿Por qué?

–Porque... es obvio que no soy su tipo.

–Ah, ¿no? –comentó Marco burlonamente.

–No lo soy. Todo el mundo sabe que le atraen las rubias glamurosas –espetó Isobel mientras trataba de concentrarse inútilmente en hacer el equipaje–. Y, por si necesita que le aclare las cosas, usted tampoco es mi tipo.

Marco alzó una ceja con expresión de incredulidad.

–¿Y de verdad cree que importa que no sea mi tipo?

A la prensa le gusta dar noticias sensacionalistas. Aunque usted fuera mi tía solterona, los periodistas pensarían que habría algo entre nosotros.

–¡Eso no es cierto!

–Se nota que es un miembro leal del mundo de la prensa.

–Puede que lo sea –replicó Isobel con un encogimiento de hombros–. Pero también sé que no se nos engaña tan fácilmente.

–Pero sí lo bastante como para que crean que sólo me gustan las rubias –dijo Marco con una sonrisa–, cuando lo cierto es que también siento debilidad por algunas morenas.

Isobel sintió que su cuerpo se acaloraba mientras Marco la miraba lentamente de arriba abajo. Sabía que sólo estaba bromeando, pero la intensidad de su mirada resultó desconcertante. Sabía con certeza que nunca podría sentirse interesado por ella, ni ella por él, se recordó con determinación. Lo sabía y, pretender cualquier otra cosa sería un grave error, se dijo mientras cerraba la maleta con un golpe seco.

–En cuanto tenga mi neceser estaré lista.

Marco la observó mientras se alejaba. No creía haber conocido nunca a una mujer tan empeñada en no flirtear con él, pensó, sonriente. Y lo extraño era que cuanto más se encerraba en sí misma, más intrigado se sentía.

Miró distraídamente en torno a las posesiones de Isobel. Al parecer vivía sola. El piso era de un diseño casi minimalista. Estaba sencillamente amueblado y sin embargo resultaba muy llamativo. Un poco como le pasaba a su dueña, pensó, divertido. Su mirada se detuvo en un par de fotos que se hallaban sobre lo que debía ser el escritorio de trabajo de Isobel, que estaba abarrotado de sesudos libros de economía. Una era de una mujer que rondaría los cincuenta años y la otra de un hombre mayor que tendría cerca de setenta. ¿Serían sus padres? El padre era mucho mayor que la madre. Marco se inclinó para mirar la foto más de cerca, pues el rostro del padre le resultó vagamente conocido.

Isobel volvió a la habitación y Marco centró su atención en cosas más importantes que aquellas fotos. Tenía mucho papeleo pendiente y un avión que tomar.

–El tiempo pasa –recordó mientras miraba su reloj.

–Ya estoy lista –dijo Isobel a la vez que cerraba la maleta

–¿En serio? Estoy impresionado –Marco sonrió–. Le ha sobrado medio minuto y probablemente lleva menos equipaje que cualquiera de las mujeres a las que me he llevado a pasar algún fin de semana fuera.

–Probablemente se deba a que a mí no me está llevando a pasar el fin de semana fuera –replicó Isobel, incómoda.

–Creo que acabará averiguando que sí –dijo Marco con una sonrisa.

–Esto es un viaje de trabajo –mantuvo Isobel con firmeza–. Además hoy es martes, y pienso volver el miércoles, de manera que no creo que pueda considerarse que vamos a pasar el fin de semana fuera.

Aquella mujer era un enigma, pensó Marco, divertido. La mayoría de las mujeres hacían todo lo posible por pasar tiempo con él y, sin embargo, Isobel parecía horrorizada ante la perspectiva.

–Puede volver mañana si quiere, pero dudo que así consiga una entrevista en profundidad.

–Tendremos que esforzarnos en hacer las cosas con rapidez –dijo Isobel con determinación.

–Usted puede intentarlo, pero yo tengo un montón de asuntos de trabajo que atender durante las próximas cuarenta y ocho horas, así que tendrá que buscar los huecos que pueda. Creo que sería más realista decir que va a permanecer en Francia al menos hasta el lunes.

–Supongo que está bromeando...

–En absoluto.

Isobel no quería pasar varios días con aquel hombre. La mera perspectiva hacía que le subiera la tensión.

–No creo que pueda quedarme hasta entonces –murmuró, incómoda.

–Como ya he dicho, eso depende de usted –contestó Marco con un encogimiento de hombros.

Pero no dependía de ella, pensó Isobel, nerviosa. Marco sabía que se vería obligada a seguir con él hasta que consiguiera la historia que su periódico esperaba. Entretanto, él culminaría su trato con Sienna y empezaría de inmediato a desmontar la empresa. Porque aquello era a lo que se dedicaba.

Isobel apartó la mirada. Odiaba que Marco Lombardi pudiera salirse con la suya. Vivía arropado por su riqueza y era la clase de persona que pasaba por la vida sin sentirse afectado por los problemas de los demás. Pero no tenía por qué permitirle salirse con la suya, pensó de pronto. El hecho de que ya no pudiera escribir sobre sus negocios en profundidad no implicaba que no pudiera exponerlo en su artículo como el mujeriego arrogante y despreocupado que era.

Sintiéndose un poco mejor ante aquella perspectiva, tomó su maleta. Marco se creía muy listo, pero, como decía el dicho, quien reía el último reía mejor.

Capítulo 3

ISOBEL no pudo evitar sentirse asombrada al descubrir que el avión en que iban a viajar era de la empresa de Marco... y que ellos eran los únicos pasajeros. Pero sólo se trataba de uno más de los excesos de Marco Lombardi, pensó, mientras miraba a su alrededor.

Poco rato después volaban a muchos metros de altura, sentados uno frente a otro en los cómodos asientos de cuero negro del avión. Marco había hecho girar el suyo para atender a una reunión vía Internet, y desde el despegue había estado hablando con su estratega comercial en Roma sobre un proyecto en el que estaban trabajando en Italia.

A Isobel le habría encantado tener más detalles, pero Marco no le dio más información y ella no pudo entender la conversación porque tuvo lugar en italiano.

Había algo profundamente apasionado en la lengua italiana. Marco sonaba fieramente decidido un momento y casi provocativamente lírico al siguiente. Su acento, combinado con su atractivo aspecto, hacía que resultara realmente difícil ignorarlo. Ningún hombre tenía derecho a resultar tan sexualmente atractivo... sobre todo un hombre tan completamente despiadado.

Isobel apartó la mirada, irritada consigo misma. Debería estar centrada en estructurar el artículo que quería escribir sobre él, en desenmascarar al verdadero Marco Lombardi... ¡no en dedicarse a admirar su aspecto!

Ser atractivo no significaba nada, ni tenía ningún mé-
rito. Su padre había sido un hombre atractivo, elegante
y sofisticado, un auténtico don Juan con las mujeres. Ya
de niña, Isobel se fijó en cómo lo miraban las mujeres,
y no pudo evitar sentirse orgullosa de su atractivo y ado-
rado padre. Pero en aquella época no era consciente de
que el único motivo que lo retenía allí era el dinero de su
abuelo. Cuando éste murió y Martin Keyes descubrió
que toda su fortuna debía ser utilizada para pagar deudas
e impuestos, se enfureció. Isobel escuchó cómo discutía
con su madre y le oyó decir que el único motivo por el
que había permanecido a su lado había sido el dinero de
su padre y que sentía que había malgastado doce años
de su vida. A continuación se fue dando un portazo.

Cuando bajó, Isobel encontró a su madre sentada en
el suelo, destrozada.

–Ha dicho que nunca nos ha querido –dijo entre so-
llozos.

Isobel aún recordaba aquel momento con total claridad. El desconsuelo de su madre, la conmoción y la
sensación de miedo e impotencia, y también la conciencia de que debía ser fuerte por el bien de su mamá.

La vida resultó muy dura después de aquello. Su madre luchó por salir adelante, tanto financiera como emocionalmente y, durante el primer año a Isobel le costó
creer que su padre las hubiera abandonado definitiva-
mente. Pero su cumpleaños y las navidades llegaron y
pasaron sin tener noticias suyas. Un día, sin previo aviso,
lo vio fuera del colegio. Pensó que estaba esperándola
y su corazón se llenó de esperanza. Pero no tardó en
comprobar que no la estaba esperando a ella. Estaba
con otra mujer, e Isobel vio desde lejos que un niño pequeño del colegio corría hacia ellos. Luego vio cómo
se alejaban en un Mercedes.

Lo verdaderamente terrible fue que su padre la había visto... y que ni siquiera le había dedicado una sonrisa. Aquel día maduró de pronto. Ya no hubo más sueños ni esperanzas, y desde entonces se convirtió en la persona independiente y realista que era en la actualidad, no precisamente la clase de mujer que se sentía atraída por un hombre sólo por su aspecto.

Marco había terminado la conversación y estaba recogiendo sus papeles.

–Tenemos veinte minutos antes de aterrizar. ¿Le apetece beber algo? –preguntó de repente y, sin dar tiempo a que Isobel respondiera, llamó a uno de los miembros de la tripulación–. Yo tomaré un Whisky, Michelle –dijo, y a continuación miró a Isobel con gesto interrogante.

–Un zumo de naranja, por favor.

Marco se volvió hacia ella.

–Llevamos un poco de adelanto respecto al horario, lo que significa que llegaremos antes de que oscurezca. Así tendrá la oportunidad de ver el magnífico espectáculo de la costa.

–Así podré añadir una descripción de la llegada a su casa en mi artículo. ¿Vive cerca del aeropuerto de Niza?

–Mi residencia está más cerca de la frontera con Italia, pero vamos a aterrizar en mi pista privada, que está a tan solo diez minutos.

–¿Tiene su propia pista de aterrizaje?

–Sí. A veces resulta muy complicado salir y entrar en Niza, y así ahorro tiempo.

–Es usted un hombre con prisas –dijo Isobel irónicamente, y él rió.

–Es cierto que el día nunca tiene suficientes horas.

La azafata les llevó las bebidas e Isobel notó cómo sonrió a Marco cuando éste le dio las gracias. Probablemente ejercía aquel efecto sobre cada mujer a la que miraba.

—¿Nunca bebe alcohol? —preguntó Marco cuando la azafata se alejó.

—Sí, pero nunca cuando trabajo —Isobel habría preferido que no la mirara con tanta intensidad. Se irguió en el asiento y trató de adoptar una actitud de eficiente firmeza—. ¿Viaja mucho por el mundo en su avión privado?

—¿Va a someterme a un interrogatorio ahora? —preguntó Marco, divertido.

—Sólo pretendo recopilar algunos datos para mis lectores.

—Hmm —Marco contempló a Isobel un largo momento y ella sintió que los latidos de su corazón arreciaban—. ¿Alguna vez se relaja?

Aquella pregunta tomó por sorpresa a Isobel.

—Sí, por supuesto, señor Lombardi. Pero, como ya he dicho, no...

—Cuando está trabajando —concluyó Marco por ella—. De acuerdo, no hay problema. Pero tengo una sugerencia que hacer; ya que vamos a pasar varios días y noches en mi casa, tal vez deberíamos dejar las formalidades... ¿no cree?

Aquellas palabras, combinadas con el sensual acento italiano, hicieron que Isobel se pusiera en guardia. ¿Por qué tenía que hacer que la situación sonara tan... íntima?

—Así que puedes llamarme Marco —continuó él sin esperar respuesta—, y yo te llamaré Izzy.

—Nadie me llama Izzy.

—Bien. Me gusta ser diferente.

Marco sonrió al captar el fuego de la mirada de Isobel, el repentino rubor de sus mejillas. No sabía por qué, pero estaba disfrutando haciendo tambalearse el muro de reserva tras el que parecía empeñada en ocultarse.

–Dentro de nada aterrizaremos en la soleada Costa Azul, donde no encajaría que te muestres tan tensa.

–No estoy tensa, señor Lombardi...

–Marco –corrigió él con suavidad–. Adelante, dilo... Marco.

–De acuerdo... Marco –Isobel se encogió de hombros y añadió–. Y ahora inténtalo tú... Isobel –dijo ella con el mismo énfasis que había utilizado él.

Su desafiante mirada hizo reír a Marco.

–¿Lo ves? Ya estás captando el espíritu continental.

Sus miradas se encontraron y, al cabo de un momento, Marco sonrió.

Isobel experimentó un inquietante encogimiento de la boca del estómago, como si acabara de saltar por un precipicio y estuviera cayendo a toda velocidad al suelo.

–Creo que nos estamos desviando del tema –murmuró, tratando de controlarse.

–Ah, ¿sí?

–Sí. Creo que será mejor que nos ocupemos de asuntos estrictamente profesionales.

Marco captó en la mirada de Isobel un destello defensivo, pero también una inesperada vulnerabilidad. Casi parecía que temiera bajar la guardia estando con él, pensó de repente.

Aquello resultaba realmente intrigante y, por un momento, deslizó la mirada por la cremosa perfección de su piel, por sus carnosos labios en forma de corazón, por las generosas curvas de su figura, ocultas bajo la blusa...

Sus miradas se encontraron de nuevo y la timidez de Isobel pareció acentuarse.

¿Estaría actuando? Había algo muy seductor en aquella mezcla de inocencia y hostilidad. Casi parecía una gatita cautelosa que se pondría a ronronear en cuanto la trataran adecuadamente...

Aquel pensamiento irritó a Marco. Isobel era periodista, y no había nada vulnerable ni inocente en una periodista hambrienta por una historia, se recordó con firmeza.

–No te preocupes, Izzy, no pienso permitir que nos desviemos demasiado del tema –dijo en tono burlón.

La voz del piloto los interrumpió para anunciar que aterrizarían en quince minutos. Isobel observó a Marco mientras éste empezaba a recoger los papeles en los que había estado trabajando. Cuando la había mirado unos momentos antes se había sentido tan acalorada por dentro que apenas había podido respirar. Y en aquellos momentos se sintió totalmente estúpida por haber imaginado que estaba flirteando con ella.

Pero lo más probable era que se estuviera riendo de ella... de la pobre tonta que se derretía cuando le dedicaba una sonrisa.

Aquel pensamiento le produjo una intensa vergüenza... porque era cierto que se había derretido.

Pero sólo estaba allí para conseguir un artículo, y aquello era lo único que debía interesarle.

Marco estaba guardando los papeles en su cartera cuando el avión pasó por un bache de aire que hizo que algunos papeles se deslizaran al suelo.

Isobel se agachó para recogerlos y no pudo resistir la tentación de echar un vistazo. Desafortunadamente, el texto estaba en italiano, pero logró ver el encabezamiento.

–*Porzione* –dijo mientras devolvía los papeles a Marco–. ¿Qué quiere decir?

–Nada que te interese –contestó él mientras los guardaba.

Lo que significaba que sin duda debía ser interesante, pensó Isobel con sarcasmo. Probablemente se trataba de una de las desafortunadas empresas que Marco estaba a punto de engullir.

–No olvides abrocharte el cinturón –recordó Marco mientras abrochaba el suyo.

–No lo olvidaré –replicó Isobel que, tras hacerlo, miró por la ventanilla.

«Porzione», pensó, tratando de centrase en algo práctico. En cuanto pudiera buscaría aquel nombre en Internet. Se suponía que no iba a escribir sobre los negocios de Marco, pero eso no tenía por qué impedirle investigar un poco y añadir algún comentario marginal sobre su despiadada forma de actuar en aquel terreno.

Trató de centrarse en aquello y en el intenso azul del cielo... en cualquier cosa excepto en el momento de atracción que había sentido hacía unos momentos por Marco.

Sólo había sido su imaginación, se dijo con firmeza. Jamás caería bajo el embrujo de un hombre famoso por ser un rompecorazones. Y no creía todas las tonterías que se decían sobre la irracionalidad del deseo. Era posible que otras personas permitieran que el deseo anulara su sentido común, pero ella no. Era demasiado práctica como para eso; siempre lo sopesaba todo lógicamente, probablemente porque sabía desde pequeña lo que podía pasar si se enamoraba del hombre equivocado.

Su madre nunca llegó a recuperarse de su divorcio. Sufrió largas depresiones y en cierta ocasión confesó a Isobel que aún seguía enamorada de su exmarido.

¿Cómo podía amarse a alguien que te trataba mal? Aquella confesión supuso una auténtica conmoción para Isobel, que juró no permitir jamás que un hombre la llevara a aquel estado, que siempre controlaría sus emociones.

Y había mantenido su palabra. En la universidad

tuvo algunos novios, pero siempre los mantuvo a distancia y el sexo nunca llegó a formar parte de la relación. Después de licenciarse conoció a Rob, al que también mantuvo a distancia a pesar de que le gustó desde el principio. Lo más importante en aquellos momentos era seguir adelante con su carrera. Rob le dijo que no le importaba esperar hasta que estuviera dispuesta a hacer el amor con él, que la respetaba y admiraba. Incluso dijo que mantenía los mismos códigos morales que ella. Conocía el sufrimiento que causaba el desamor, pues su madre lo abandonó cuando aún era un niño.

Isobel sintió compasión por él cuando le contó aquello. Y empezó a confiar en él. Cuando, finalmente, se dejó llevar y permitió que la besara, no hubo explosiones de pasión, pero le hizo reír y sentirse segura. Y cuando le propuso matrimonio, le pareció lo más natural del mundo aceptar.

Pero Rob no resultó ser el hombre de fiar que había llegado a creer que era. Todo su parloteo sobre la importancia de la fidelidad no había sido más que un cúmulo de mentiras. Cuando Isobel lo descubrió, Rob llegó a ponerse incluso desagradable, y la acusó de haberlo empujado a engañarla a causa de su frigidez.

Cerró los ojos un momento. Al menos había descubierto su error antes de casarse con él, lo que la afirmó en su decisión de centrarse en su carrera, en la búsqueda de su independencia.

Al abrir los ojos vio con consternación que Marco la estaba mirando. Al instante, experimentó una desconocida e intensa emoción en su interior.

¿A qué venía aquello?, se preguntó, enfadada. Porque no era deseo... aunque Marco Lombardi tuviera los ojos más sexys que había visto en su vida. Apartó rápidamente la mirada. Aquel tipo de pensamientos no iba a ayudarla a superar la situación, se dijo, enfadada.

Unos minutos después el avión aterrizaba en una pequeña pista frente a las costas del Mediterráneo.

–Hemos llegado un poco antes de lo esperado, pero en cinco minutos llegará un coche a recogernos –dijo Marco en tono desenfadado mientras se desabrochaba el cinturón.

Isobel se levantó para abrir el compartimento en que se hallaba su maleta.

–Espera, ya lo hago yo –ofreció Marco.

–No hace falta, gracias –Isobel abrió el compartimento, del que, inesperadamente, cayó una maleta que la golpeó en el hombro.

–¿Estás bien? –preguntó Marco al instante.

–Sí... –Isobel hizo una mueca y se llevó una mano al hombro–. Creo.

–Deja que te vea –dijo Marco a la vez que la tomaba del brazo para que se volviera.

–No hace falta... estoy bien –protestó Isobel.

–Tienes un desgarro en la blusa y estás sangrando –dijo Marco.

Isobel bajó la mirada y comprobó que tenía razón; había una pequeña mancha roja en su blusa blanca.

–Sólo es un arañazo. Estoy bien –insistió.

–Parece algo más que un rasguño. ¿Quieres que le eche un vistazo?

Aquella mera sugerencia bastó para que Isobel sintiera que le subía la temperatura.

–¡No hace ninguna falta!

Marco tuvo que reprimir una sonrisa ante su gazmoñería.

–El corte está justo debajo de la clavícula. Sólo tienes que desabrochar los tres primeros botones de tu blusa... y no creo que eso pueda considerarse un strip tease.

—No hace falta, en serio... yo...

Marco ignoró a Isobel mientras se volvía hacia Michelle.

—Haga el favor de traer el botiquín.

Cuando la azafata fue a hacer lo que le decía, Marco volvió a centrar su atención en Isobel.

—Ya te he dicho que estoy bien... —Isobel se quedó paralizada al ver que Marco alzaba las manos para desabrocharle el botón superior de la blusa—. ¡Eso puedo hacerlo yo, Marco!

—Al menos ya no tienes dificultades para llamarme por mi nombre —los labios de Marco se curvaron en una atractiva sonrisa. Por un instante, Isobel temió que fuera a seguir desabrochándole los botones de la blusa pero, afortunadamente, no fue así. Dejó caer las manos—. De acuerdo, hazlo tú.

—Lo haré más tarde.

—Son sólo dos botones, Izzy... ¿Acaso te asusto? —Marco alzó las cejas en un gesto burlón.

—¡No! ¿Por qué ibas a asustarme? —enojada, Isobel empezó a desabrocharse los botones. ¡No pensaba permitir que Marco pensara que la asustaba!

Marco notó cómo le temblaban las manos. Nunca había ejercido aquel efecto en una mujer. ¿De qué estaría tan asustada?, se preguntó con curiosidad.

—Ya. ¿Estás satisfecho?

—Yo no llegaría tan lejos —contestó Marco con sorna, y notó que Isobel se ruborizaba aún más.

Era una chica muy normal, que no se parecía en nada a la clase de mujeres con las que solía salir, pero había algo especial en ella. Al alzar una mano para apartar un poco la blusa y ver la herida, rozó su clavícula.

Isobel no estaba preparada para sentir el roce de los dedos de Marco sobre su piel; el contacto le produjo un placer sensual que nunca había experimentado. Su propia reacción la dejó consternada.

Marco sonrió al captar aquel destello de deseo en la profundidad de los ojos verdes de Isobel. Ya sabía por qué parecía tan asustada; estaba claro que no era tan inmune a él como había estado simulando toda la tarde. Aquello le divirtió... y, por algún extraño motivo, le complació.

Se preguntó qué sentiría al besarla, pero desechó aquel pensamiento en cuanto cruzó su mente. Isobel era una periodista, y él despreciaba a todos los de su profesión. Eran personas duras, que no se preocupaban por el daño que pudieran causar a los demás, que sólo creaban problemas.

Volvió a centrar su mirada en la clavícula de Isobel.

—El corte no es profundo; eso es bueno.

La azafata regresó con el botiquín y se lo entregó.

—Gracias, Michelle. ¿Ya están bajadas las escaleras?

—Sí, señor. Ya podemos desembarcar.

Marco sacó un tubo de crema antiséptica y una gasa que entregó a Isobel.

—Gracias —dijo ella, esforzándose por recuperar la compostura.

¿Qué diablos acababa de pasar?, se preguntó, ansiosa. El corazón le latía como si acabara de correr una maratón y se sentía temblorosa y ardiente por dentro.

Pero lo peor era la sensación de placer que había experimentado cuando Marco la había tocado. Aquello no le había sucedido nunca con nadie. Aturdida, siguió a Marco hasta el exterior del avión. Al mirar a su alrededor vio que se hallaban en medio del campo. A su izquierda había un viñedo cuyas largas hileras de viñas se perdían a lo lejos. Frente a ella había un hangar, la única construcción que había a la vista.

Al volver la mirada hacia Marco, que permanecía a su lado con expresión indiferente, recordó de nuevo el roce de sus dedos. ¿Qué diablos le pasaba?, se preguntó mientras apartaba de nuevo la mirada. Aquel era Marco Lombardi, uno de los mujeriegos más conocidos del planeta, y no podía permitirse olvidar aquello ni por un segundo.

Unos momentos después, una elegante limusina se detenía ante ellos y su conductor salía para abrir la puerta de pasajeros.

Capítulo 4

ISOBEL trató de disfrutar de las magníficas vistas del Mediterráneo que ofrecía la sinuosa y montañosa carretera por la que circulaban, pero también tuvo que concentrarse en evitar caer sobre Marco cada vez que la limusina tomaba una curva.

Divertido, Marco notó cómo se esforzaba Isobel en no rozarlo cuando la limusina tomó una curva especialmente cerrada. Bajó un momento la mirada hacia su blusa. Se había dejado los botones superiores desabrochados, y aquel pequeño cambio había supuesto una gran diferencia en lo referente a su aspecto; sus curvas habían quedado más expuestas y parecía menos formal... casi sexy.

Su teléfono móvil sonó en aquel momento y lo sacó con impaciencia. Tenía cosas más importantes en qué pensar que en una latosa reportera.

Isobel notó distraídamente que Marco estaba hablando en un francés muy fluido.

—¿Cuántos idiomas hablas? —preguntó cuando concluyó la llamada.

—Cinco. Es muy útil para los negocios.

Isobel no pudo evitar sentirse impresionada.

—Ojalá hablara yo al menos un idioma más... ¡y no te digo cinco! Estudié francés en el colegio, pero aún me resulta difícil mantener una conversación en ese idioma

–Tendrás que practicar mientras estés aquí –Marco se encogió de hombros–. Es sólo cuestión de hábito. Cuando te ves obligado a hablar otro idioma a diario empieza a resultar más fácil.

Unos minutos después, la limusina cruzó unas verjas y avanzó por un sendero bordeado de palmeras hasta detenerse ante una impresionante mansión blanca. Tenía dos plantas y sus balcones daban a una piscina de tamaño olímpico cuyas aguas azules se fundían a la perfección con el color del Mediterráneo.

–Bonita casa –comentó Isobel–. ¿Seguro que es lo suficientemente grande para ti?

–Ahora que lo mencionas, supongo que sí resulta un tanto pequeña –replicó Marco, divertido.

Una vez fuera de la limusina, Isobel se fijó en un pequeño sendero que llevaba a una playa privada. También se fijo en el yate amarrado al final de un largo malecón.

–¿Es ese otro de tus juguetes?

Marco siguió la dirección de la mirada de Isobel.

–Es un juguete de trabajo. Lo utilizo para el trabajo, pero también para divertirme. A veces es bueno relajarse en alta mar, apartado de todo y de todos.

Isobel creyó percibir un destello de tristeza en los oscuros ojos de Marco, como si necesitara el consuelo que le proporcionaba la soledad del mar. Pero enseguida sonrió.

–Vamos, voy a enseñarte tu habitación –dijo mientras entraban en la casa.

El vestíbulo era palaciego; tenía una amplia escalera circular y ventanales altos como los de una catedral, aunque el diseño del conjunto era muy moderno.

–¿Cuánto tiempo llevas viviendo aquí? –preguntó Isobel mientras subían las escaleras.

–Unos dos años.

–Entonces, ¿compraste esta casa nada más divorciarte?

–Más o menos, sí –Marco abrió la puerta de una habitación y se apartó para dejarle pasar.

Isobel se quedó momentáneamente boquiabierta. Probablemente, aquel era el dormitorio más grande y lujoso en el que había estado nunca. Sólo la cama era tan grande que habría podido acoger a una docena de personas, y había un vestidor adjunto tan grande como el dormitorio de su casa.

–Si esta es la habitación de invitados, el dormitorio principal debe ser imponente.

–Ven a verlo si quieres –sugirió Marco–. Es la habitación contigua.

Al captar el travieso brillo de su mirada, Isobel no pudo evitar ruborizarse.

–Eh... no, gracias. Creo que podré prescindir en mi artículo de esa información en particular.

–Luego no digas que no te he ofrecido verlo –Marco rió y miró su reloj–. Instálate tranquilamente y podemos quedar abajo dentro de una hora para cenar, ¿de acuerdo?

–De acuerdo –Isobel trató de mostrarse segura de sí misma ante la perspectiva de cenar con Marco, aunque lo cierto era que se sentía muy nerviosa. Habría preferido no volver a verlo hasta el día siguiente, pero necesitaba pasar tiempo con él para obtener la información necesaria para su artículo. Pero, ¿qué le pasaba? A fin de cuentas, sólo se trataba de trabajo, se recordó con severidad. Lo que debía hacer era concentrarse en su artículo.

Decidida a mantenerse ocupada hasta la hora de la cena, sacó su cuaderno de notas y salió a sentarse en el balcón. Ya eran las seis de la tarde, pero aún hacía calor y una deliciosa brisa agitaba levemente las ramas de las palmeras. Permaneció un rato sentada, sin hacer nada, admirando el paisaje, repasando los acontecimientos del día.

Se preguntó qué sabía realmente sobre Marco, aparte del hecho de que era un empresario implacable. Siguiendo un impulso, sacó su teléfono para echar un vistazo al nombre de la empresa que había visto en los papeles de Marco cuando estaban en el avión: Porzione.

Introdujo el nombre y esperó un momento, pero tan sólo encontró información relacionada con una organización benéfica para niños discapacitados que también daba su apoyo a las familias con hijos prematuros. Era evidente que aquello no podía tener nada que ver con Marco, pero, por si acaso, introdujo su nombre en la búsqueda.

De inmediato apareció su nombre en la pantalla como fundador y director de Porzione. Sorprendida, Isobel se preguntó por qué habría puesto en marcha una fundación benéfica para niños.

Escribió el nombre de Marco seguido de la palabra «caridad» y pudo comprobar que aparecía asociado con una larga lista de asociaciones benéficas. Resultaba extraño que aquello no se mencionara nunca en la prensa, aunque era cierto que los artículos sobre organizaciones benéficas no vendían tan bien como los relacionados con su vida amorosa.

Isobel experimentó una punzada de culpabilidad. ¿Por qué no había descubierto aquello antes? Aunque el mero hecho de que Marco donara dinero para buenas causas no lo convertía en una buena persona. Probablemente sería una forma de ahorrarse impuestos.

Volvió a centrar su atención en Internet y escribió el nombre de la exesposa de Marco, Lucinda White. Apareció mucha información sobre las películas que había protagonizado, además de mucho material sobre su matrimonio con Marco. Ya que la pareja siempre había guardado celosamente su intimidad, casi todo lo escrito eran meras conjeturas. Lo único que no podía negarse era que en otra época se amaron, como evidenciaban las fotos en que aparecían juntos.

Formaban una pareja muy glamurosa, y no era de extrañar que la prensa se hubiera obsesionado con ellos. Pero, dieciocho meses después, dieron por concluido su matrimonio, alegando diferencias irreconciliables entre ellos. Pero no explicaron cuáles eran aquellas diferencias. El divorcio fue rápido y digno. No hubo peleas por dinero, ni intercambio de recriminaciones e insultos. De hecho, afirmaron que siempre serían amigos.

En los dos años transcurridos desde su divorcio, ninguno de ellos se había implicado en otra relación. Siempre que Marco aparecía en público con una mujer, algo que sucedía frecuentemente, corrían rumores, pero no parecía haber nada serio en sus relaciones, como sucedía con Luçinda.

Algunas personas decían que aún se amaban, pero, de ser así, seguirían juntos. Hubo muchas especulaciones. Algunos decían que un hombre mujeriego siempre seguía siendo mujeriego; otros aseguraban que Lucinda quiso tener hijos, pero Marco no; otros sospechaban que la infiel había sido Lucinda.

¿Cuál sería la verdad?, se preguntó Isobel. Si hubiera tenido que apostar, lo habría hecho a favor de que el infiel hubiera sido Marco; probablemente le había asustado la perspectiva de tener que dedicarse a una familia. Sólo había que echar un vistazo a los artículos y las listas de mujeres con las que había salido antes y después de su matrimonio para darse cuenta de hasta qué punto le gustaban.

Pero también podía estar equivocada, porque sólo estaba adivinando. Lucinda era una mujer preciosa, con un cuerpo fabuloso, una larguísima melena rubia y grandes ojos azules. Seguro que los hombres revoloteaban en torno a ella como las moscas en torno a la miel y, tal vez, había sido incapaz de resistir la tentación.

En cualquier caso, como periodista, debía eliminar las ideas preconcebidas. Si iba a escribir un artículo sobre una celebridad, debía hacerlo lo mejor posible, lo que significaba ser muy precisa en los detalles.

Suspiró y desconectó su teléfono de Internet. Averiguaría la verdad, se dijo con firmeza, y empezaría haciendo algunas preguntas a Marco durante la cena.

Pero cuando, un rato después, bajó las escaleras, su confianza comenzó a evaporarse. La falda negra y la blusa que vestía estaban bien para la oficina, pero para cenar con Marco resultaban lamentablemente aburridas. Aquel pensamiento le hizo fruncir el ceño. Había entrevistado a muchas celebridades a lo largo de aquellos años, ¡y aquella era la primera vez que pensaba en la ropa que vestía! Normalmente estaba totalmente centrada en el artículo, y así era como debía ser. No estaba allí para impresionar a Marco, algo que, por otra parte, resultaría realmente difícil, ya que sus habituales compañeras de cena eran actrices o modelos. Estaba allí para trabajar. Punto.

Avanzó por el amplio pasillo de la planta baja en busca de su presa. Había una puerta abierta un poco más adelante y, al asomarse al interior, vio a Marco sentado tras un gran escritorio, concentrado en su trabajo. No notó su presencia hasta que llamó a la puerta. Entonces irguió la cabeza y sonrió.

Había algo en aquella sonrisa, y en su forma de mirarla, que hacía que los sentidos de Isobel empezaran a dar vueltas.

–Lo siento, no quería interrumpirte...

–No te preocupes. Acabo de terminar. Pasa –dijo Marco mientras la observaba. Le divertía ver cómo reaccionaba ante él, con tanta cautela como una gacela a punto de salir corriendo. Incluso su vestimenta parecía cautelosa; tenía buen aspecto, pero de manera muy eficiente y asexuada. El top negro que vestía era muy holgado y ocultaba por completo sus curvas. Cualquiera pensaría que le asustaba permitir que un hombre mirara su cuerpo. Y ¿por qué insistiría en sujetarse el pelo en una cola de caballo?

Isobel simuló no haber notado la analítica observación de Marco, pero no pudo evitar ponerse tensa. Ya sabía que no era precisamente una modelo, ¡pero él no tenía derecho a mirarla así!

–¿En qué estás trabajando? –preguntó en el tono más eficientemente profesional que pudo.

Marco rió.

–Con esa pregunta, deduzco que tú también sigues trabajando, ¿no?

–A eso he venido –replicó Isobel en el tono más indiferente que pudo.

–En realidad no estaba trabajando –dijo Marco, divertido–. Sólo estoy organizando las cosas para comprar una empresa francesa llamada Cheri Bon.

Isobel asintió.

–Recuerdo que leí algo al respecto el año pasado. Es una empresa de productos de confitería que comenzó como un pequeño negocio familiar y acabó convirtiéndose en algo mucho más grande. Creo recordar que tuvieron problemas financieros porque ya no daban más de sí...

–Bien hecho –Marco parecía impresionado–. Es obvio que utilizas todos esos libros de economía que he visto en tu casa.

–No tienes por qué mostrarte tan sorprendido. Los periodistas estamos obligados a mantenernos al tanto de lo que pasa. En cualquier caso, pensaba que ibas a comprar la confitería Sienna.

Marco apartó la silla del escritorio y se levantó.

–Vamos a cenar. Ya he tenido suficientes negocios por hoy.

–¿Vas a comprar ambas compañías? –insistió Isobel, incapaz de dejar el tema.

Marco rió.

–No hay duda de que eres tenaz.

–Tengo que serlo –dijo Isobel con un encogimiento de hombros.

–¿Qué te parece si hablamos mañana sobre Cheri Bon? –sugirió Marco en tono despreocupado–. Tienen su fábrica principal en Niza. Si quieres puedes acompañarme a verla y te pondré al tanto sobre mis visionarios planes para un futuro muy dulce.

–¡Eso sería fantástico! –exclamó Isobel sin ocultar su interés–. ¿Tienes intención de fusionar las dos empresas?

–Como ya te he dicho, ya he tenido suficiente trabajo por hoy. Mañana hablaremos de ello –Marco tomó a Isobel por el brazo y se encaminó hacia la puerta–. Y ahora, vamos a ver qué nos ha preparado Stella para comer.

El contacto de la mano de Marco afectó tanto a Isobel que se apartó rápidamente de él, con la esperanza de que no lo notara.

Pero Marco lo notó. Parecía que a Isobel le aterrorizaba que la tocara, aunque fuera accidentalmente. Sintió la intención de interponerse en su camino para ver su mirada de consternación, pero se contuvo. Mientras la seguía por el pasillo no pudo evitar contemplar sus caderas. Intuía que había una bonita figura bajo aquellas formales ropas y, cuanto más estaba con ella, más curiosidad sentía.

–Vamos a cenar fuera, Izzy –dijo, a la vez que abría una puerta que daba a la terraza exterior, donde había una mesa preparada para dos, con un candelabro cuya luz se reflejaba en la vajilla.

Isobel pensó que todos aquellos preparativos resultaban inquietantemente románticos, sobre todo con el mar Mediterráneo de fondo.

–Pareces haberte tomado muchas molestias –murmuró, aprensiva.

–No ha sido cosa mía, sino de mi cocinera, Stella. Siempre se esmera especialmente cuando tengo compañía para cenar.

–Supongo que sabe que no soy una de tus novias, ¿no? –dijo Isobel impulsivamente.

–No, no creo que lo sepa. Stella es mi chef, y nunca he sentido la necesidad de ponerle al tanto de mis asuntos personales. Pero si lo consideras importante, puedo llamarla para que le expliques lo que quieres.

–No... en realidad no es tan importante –Isobel sintió que se ruborizaba. ¿Por qué había dicho aquello? ¿Por qué sentía la necesidad de recalcar que su relación era meramente profesional? A fin de cuentas, sabía con certeza que Marco no se interesaría en ella como mujer ni en un millón de años. No era de extrañar que pareciera estar divirtiéndose a su costa. Desesperada, trató de salvar su orgullo–. Pero puede que necesite tomar notas mientras hablamos y, si se lo hubieras dicho, tal vez habría sido más práctica a la hora de poner la mesa. ¿No te parece que el ambiente está un poco oscuro a pesar de las velas?

Marco se acercó a la puerta y pulsó un interruptor que había a su derecha.

–¿Qué te parece así?

Isobel esperaba una luz procedente de lo alto, pero lo que se encendieron fueron las luces del jardín, lo que hizo que el ambiente se volviera aún más romántico.

–No es que haya cambiado mucho –murmuró, y Marco sonrió.

–¿En serio? Yo creo que está mucho mejor –Marco volvió a la mesa y se sentó frente a Isobel–. Me temo que no puedo hacer más.

Isobel no lo creyó. De hecho, tuvo la impresión de que Marco estaba disfrutando con su turbación.

–Da igual. Tendré que utilizar mi grabadora –dijo mientras sacaba el aparato de su bolso y lo encendía–. No te importa, ¿verdad?

–Lo cierto es que sí me importa –Marco se inclinó hacia la grabadora y dijo–: Nota para la señorita Izzy Keyes... Tienes que relajarte un poco, desconectar –dijo, mirándola a los ojos–. Por cierto, ¿te ha dicho alguien alguna vez lo atractiva que estás cuando te enfadas? –añadió antes de apagar la grabadora.

–¡Deja de burlarte de mí! –replicó Isobel, irritada–. Necesito empezar a asimilar información para mi artículo.

–No me estoy burlando de ti. Hablaba en serio. ¿Qué te parecería asimilar la información a la antigua usanza? Podemos ir conociéndonos según charlamos –Marco vio que Isobel entrecerraba los ojos con gesto de cautela–. Cualquiera diría que acabo de sugerir algo escandaloso –añadió con humor.

–No lo has hecho, pero tampoco creo que se trate de «charlar» –Isobel trató de controlar los latidos de su corazón, cada vez más intensos–. Te estoy entrevistando, y...

–Creo que no has captado lo que quería decir, Izzy. Estamos sentados en una terraza frente al Mediterráneo, a punto de cenar. La vida es demasiado corta como para someterla a reglas tan rígidas. Puedes asimilar tu información, como tú misma has dicho, pero hagámoslo a mi manera.

–Sí, pero...

–A mi manera, Izzy... o a ninguna –interrumpió Marco con firmeza.

–¿Qué puedo decir? –Isobel se encogió de hombros–. Sólo trataba de ser organizada para no olvidar nada.

–No olvidarás nada –dijo Marco con suavidad–, y si olvidas algo, pregúntame por la mañana y yo te lo recordaré –se inclinó hacia la mesa para servir vino en sus copas–. Y ahora, ¿por qué brindamos?

–¿Qué tal si brindamos por la verdad?

–Buen intento, Izzy –Marco rió, pero, en aquella ocasión, la sonrisa no alcanzó sus ojos–. Pero no es esa la experiencia que tengo con los periodistas.

–Es obvio que no has conocido a los periodistas adecuados.

–¿Tú crees? –Marco miró a Isobel con curiosidad. No sabía si era la mentirosa con más práctica del mundo, o si la sinceridad de su tono era real. Aunque en realidad eso daba igual, porque, por muy sincera que fuera, no pensaba darle detalles sobre su ruptura matrimonial. Había cosas de las que no pensaba hablar nunca con nadie, y menos aún con una periodista–. Bueno... ya veremos –añadió con un encogimiento de hombros–. ¿Por qué no empiezas contándome algo sobre ti misma?

–Creo que eso debería preguntarlo yo –Isobel fulminó a Marco con la mirada y éste rió.

–Si voy a hablarte sobre mí mismo, lo menos que puedes hacer es hablarme un poco sobre ti –Marco tomó un sorbo de su copa de vino antes de seguir–. Eso es lo que menos me gusta de los paparazis; son unos completos desconocidos que no paran de hacer preguntas íntimas. ¿Qué les da el derecho a hacerlo?

Isobel pensó que había algo de cierto en aquellas palabras, pero no tenía ninguna intención de abrirse a él, ni siquiera a un nivel superficial.

–No creo que mi vida pueda interesarte –murmuró.

–Yo creo que sí.

Cada vez más nerviosa, Isobel pensó que aquel hombre resultaba demasiado desenvuelto, demasiado seguro de sí mismo.

Marco observó cómo se ensombrecía la mirada de Isobel. Aún no entendía por qué la encontraba tan fascinante, pero así era. Tal vez se trataba de mera curiosidad, porque, desde luego, no era precisamente su tipo. Fuera lo que fuese, de pronto se encontró recordando el momento en que le había desabrochado los botones superiores de la blusa. La intensidad del calor sensual que se había generado entre ellos había sido toda una sorpresa. Mientras seguía mirándola, se encontró pensando que le gustaría seguir desabrochándole los botones y luego llevársela a la cama... sólo por diversión.

Capítulo 5

HABÍA oscurecido rápidamente y la luz de la luna llena se reflejaba en la quietud del mar. Había algo irreal y sereno en la escena, aunque no era precisamente tranquilidad lo que sentía Isobel en aquellos momentos. Cada vez que su mirada se encontraba con la de Marco, los latidos de su corazón arreciaban como si estuviera huyendo por un terreno difícil del mismísimo diablo.

¿Por qué le sucedía aquello?, se preguntó, inquieta. ¿Se debería tan sólo al hecho de que Marco era un hombre indiscutiblemente atractivo?

La camisa blanca desabrochada en el cuello que vestía enfatizaba el tono bronceado de su piel. Su denso pelo negro estaba inmaculadamente peinado, y la semibarba que oscurecía su mandíbula le hacía resultar especialmente tentador.

–Ibas a hablarme de ti misma –Marco sonrió como si la incertidumbre de Isobel lo divirtiera.

–No creo que tenga sentido...

–Pero tendrás que seguirme un poco la corriente, ¿no? –interrumpió Marco en tono desenfadado–. Háblame de tus padres y de tu infancia... de ese tipo de cosas.

Isobel se encogió de hombros.

–Me crié en Londres, pero mi madre vive actualmente en Brighton.

–¿Y tu padre?

–No sé dónde está. Se fue cuando yo tenía once años y no volvió.

–¿Ni siquiera para verte? –preguntó Marco con el ceño fruncido.

–Mi padre tiene un carácter un tanto complejo –murmuró Isobel en tono evasivo.

–Deduzco que esa es tu forma de decir que fue un mal padre.

Isobel no entendía por qué, pero no quería darle la razón. ¿Se debería a que Marco era el responsable de que su padre hubiera perdido el trabajo que tanto le gustaba en la empresa? ¿Acaso seguía sintiendo algún tipo de lealtad hacia su padre? Aquel descubrimiento fue una sorpresa, porque tenía muy claro que su padre no merecía ninguna lealtad después de cómo se portó.

–Digamos que tenía problemas. Supongo que no todo el mundo puede recibir el premio al mejor padre –Isobel alcanzó su copa y tomó un sorbo de vino, nerviosa por la atenta mirada de Marco.

Fueron interrumpidos por la cocinera de Marco, que acudió a la mesa con unos platos de *prosciutto* acompañados de pan *ciabatta*. Era una mujer grande, de unos cincuenta y cinco años, que no debía hablar inglés, porque Marco la presentó en francés. La conversación se mantuvo en ese idioma durante unos minutos. Hubo muchas risas y bromas y, a pesar de no entender el francés, Isobel se alegró de la interrupción.

No se dio cuenta del hambre que tenía hasta que empezaron a comer, pero era lógico, porque no había comido nada desde el desayuno.

–Y al margen de tu infancia –dijo Marco de repente–, ¿por qué no me hablas del hombre que te rompió el corazón?

Isobel no ocultó su sorpresa.

–¿Qué te hace pensar que alguien me ha roto el corazón?

–No lo sé –Marco se encogió de hombros–. A veces capto cierta vulnerabilidad en tu mirada.

–Pues siento decepcionarte, pero soy una persona más bien pragmática.

–¿Te refieres a que eres una periodista dura, que sabe conservar las distancias, capaz de mantenerse al margen de los lazos emocionales... y ese tipo de cosas?

–Sí... esa clase de cosas.

Marco no estaba seguro de qué creer. Había percibido cierta indecisión en el tono de la respuesta de Isobel, en la expresión de su mirada...

–Además, mi vida amorosa no es asunto tuyo –añadió ella con evidente irritación.

–Pero seguro que ibas a interrogarme sobre la mía –replicó Marco–. ¿O vas a negarme que tienes intención de hacerme todas las preguntas tópicas al respecto?

–Yo no hago preguntas tópicas; las mías son frescas y están llenas de chispa. Pero, de hecho, creo que deberíamos abordar ese tema...

–De manera que nunca has estado casada –dijo Marco, como si Isobel no hubiera dicho nada–. ¿Tampoco has convivido nunca con un hombre?

Isobel suspiró.

–Estuve comprometida una temporada, pero las cosas no fueron bien –dedicó a Marco una mirada de advertencia–. Ya lo he superado, y te aseguro que no me queda ningún resto de vulnerabilidad al respecto.

–¿Y eso ha sucedido recientemente?

–Hace unos seis meses. Y ahora, ¿podemos cambiar de tema? –preguntó Isobel en tono de ruego.

–De acuerdo. No volveré a mencionar el tema –dijo Marco a la vez que alzaba las manos.

–Bien... porque se supone que deberíamos estar hablando de ti.

Tras comer un rato en silencio, Isobel contempló con detenimiento el jardín y la casa.

–Entiendo que compraras esta casa –dijo al cabo de un momento–. Las vistas son espectaculares. Pero me sorprende que tengas tu casa principal en Francia. Suponía que, siendo italiano, tendrías tu hogar en Italia.

–Italia siempre será mi primer amor, pero debo admitir que me siento dividido. Francia es como una querida preciosa, tentadora, provocadora, difícil de olvidar...

–Supongo que sabes mucho sobre «queridas» –murmuró Isobel, tratando de ignorar sus sensaciones.

–Sé algo sobre la pasión –corrigió Marco con suavidad–. Sé cómo puede incendiar los sentidos, cómo puede adueñarse de ti.

Algo en la forma en que la estaba mirando hizo que Isobel sintiera calor en su interior, que se preguntara lo que se sentiría siendo besada por él, sostenida entre sus poderosos brazos... En cuanto aquel pensamiento cruzó su mente se sintió conmocionada. Pero tenía el suficiente sentido común como para no sentirse atraída por él, se dijo, furiosa.

–¿Fue eso lo que sucedió en tu matrimonio? –preguntó, desesperada por volver a la realidad–. ¿Conociste una noche a alguien y permitiste que la pasión se adueñara de ti hasta el punto de hacerte olvidar que estabas casado?

–Las mismas preguntas de siempre –Marco movió la cabeza con gesto cansado–. Creía que habías dicho que podías hacerlo mejor.

–Son las preguntas que interesan a la gente.

–Hace dos años que me divorcié, Izzy. La gente ya debería haber cambiado de tema.

Isobel no supo si captó enfado, tristeza, o simplemente irritación en el tono de Marco.

–¿Vas a contestarme? –preguntó.

–No. Ahora mismo no.

Aquella respuesta sorprendió a Isobel.

–Pero me has invitado aquí para hacerte una entrevista sobre tu vida...

–Mi vida es algo más que mi divorcio –dijo Marco con una sonrisa burlona–. Creo que deberías preparar el terreno para esa pregunta.

–¿Qué sucede? –dijo Isobel en tono malicioso–. ¿Ha llegado la hora de hacer pasar por el aro a los periodistas?

Marco rió.

–¡Me gusta cómo suena eso!

Stella acudió a retirar los platos y a servir el postre, una deliciosa *crème brulée* que a Isobel le habría encantado probar si no hubiera perdido por completo el apetito.

–¿Y qué clase de preguntas puedo hacerte? –preguntó cuando la cocinera se fue–. Supongo que no hay problema en hablar de tu tren de vida, de tus aviones, tus barcos...

–Creía que habías dicho que no eras dada a exagerar. Sólo tengo un avión y un yate –corrigió Marco con una sonrisa–. ¿Y debo deducir por tu tono que desapruebas mi estilo de vida?

–No es asunto mío aprobarla o desaprobarla. Sólo estoy haciendo una observación.

Marco rió.

–Y tu observación es que no tengo idea de lo que es la vida de verdad, ¿no? Que no sé lo que es la pobreza.

Isobel se encogió de hombros.

–Ya que lo mencionas...

–Pasé los primeros ocho años de mi vida en uno de los barrios más pobres de Nápoles. No teníamos nada.

Isobel frunció el ceño.

–Creía que procedías de una familia adinerada.

–La familia de mi madre tenía dinero, pero la desheredaron cuando se casó con mi padre, que había cometido el terrible pecado de proceder de una familia pobre. No volvieron a acogernos hasta que mi padre murió.

–No lo sabía –dijo Isobel, sorprendida–. Siempre había creído que pertenecías a una dinastía adinerada.

–Como verás, no lo sabes todo –el teléfono de Marco sonó en aquel momento y lo tomó para mirar la pantalla–. Disculpa, pero tengo que responder. Es una llamada de trabajo.

Isobel asintió mientras se preguntaba cómo era posible que nadie hubiera sacado a relucir aquella información sobre el pasado de Marco. ¿Qué más cosas desconocería sobre él?

Stella volvió a salir para comprobar si habían terminado el postre y para preguntar si querían café. Isobel dijo que no y añadió en su escaso francés que la comida había estado deliciosa. Desafortunadamente, Stella respondió en un francés tan rápido que no entendió ni una palabra.

Cuando, tras recoger la vajilla, la cocinera volvió a irse, Isobel se levantó y caminó hasta el borde de la terraza. Desde allí se divisaba la piscina, cuya agua azul turquesa resultaba muy tentadora en el calor reinante.

Mientras escuchaba el fluido italiano de Marco se preguntó qué estaría diciendo. Necesitaba averiguar más detalles sobre su faceta de empresario implacable, se dijo. Y debía mantener sus sentidos firmemente controlados.

–Tenías razón, Izzy –comentó Marco de pronto.

Isobel se volvió y vio que había terminado de hablar y se estaba levantando de la mesa.

–¿Sobre qué?

–Sobre tu francés. Está claro que necesitas practicarlo más –dijo Marco con una sonrisa.

–Gracias. Sabía que te divertiría escucharme chapurrearlo.

–En realidad me ha impresionado ver cómo intentabas hablarlo con Stella. Y me ha parecido que estabas muy guapa mientras lo hacías.

–Gracias –murmuró Isobel, avergonzada–. Pero creo que lo que en realidad quieres decir es que he sonado bastante tonta.

–No, no es eso lo que quería decir. No seas tan dura contigo misma –dijo Marco mientras se encaminaba hacia ella.

Algo en la intensidad de su mirada hizo que Isobel sintiera una emoción inexplicable.

–En cualquier caso, deberías retomarlo donde lo dejamos cuando has recibido la llamada –dijo rápidamente–. Me estabas hablando de tu infancia.

Marco se encogió de hombros.

–Creo que deberíamos dejar eso atrás. ¿Por qué no me cuentas algo más sobre ti?

–¿Otra vez vuelves a tratar de hacerme pasar por el aro? –preguntó Isobel con ironía.

–No, pero creo que éste es un momento para relajarse –contestó Marco–. Son las diez de la noche, Izzy. ¿Es que nunca desconectas del trabajo?

–Y eso me lo pregunta el tipo que acaba de mantener una conversación de negocios –replicó Isobel.

Marco rió.

–Tienes razón. Creo que ambos somos culpables de estar demasiado centrados en nuestro trabajo –su mirada se volvió repentinamente seria–. Mi excusa es que de mis decisiones dependen los trabajos de mucha gente. ¿Cuál es la tuya?

–No necesito una excusa. Y no sé por qué insistes en hacerme esas preguntas.

–Porque estoy interesado. De hecho, siento tanta curiosidad por ti como tú por mí.

Durante unos peligrosos segundos, Isobel sintió la penetrante mirada de Marco deslizándose por su rostro hacia el rasguño que tenía en la clavícula. Recordó cómo le había hecho sentirse al desabrocharle el botón superior de la blusa y, cuando sus miradas se encontraron, sintió el mismo calor arremolinándose en su interior. Instintivamente, dio un paso atrás.

–¿Por qué te asusta tanto bajar la guardia, Izzy?

–¡No me asusta! –protestó Isobel, nerviosa. Marco era demasiado perspicaz; como un misil guiado por una fuente de calor, parecía capaz de dar de lleno en su vulnerabilidad... en el hecho de que lo encontraba demasiado atractivo. Desesperada, trató de recordarse que no debería pensar en aquello–. Y en cuanto a tu preocupación por los puestos de trabajos de la gente, me cuesta mucho creer que sea sincera.

Marco sonrió.

–¿Sabes que podrías ganar un premio por ese sistema defensivo tuyo?

–No sé de qué estás hablando –Isobel habría querido apartarse aún más de Marco, pero la barandilla se lo impidió.

–Hablo de que pareces sentir la constante necesidad de ocultarte tras una actitud profesional, que además resulta bastante negativa en lo que a mi concierne. ¿Eres así con todos los hombres, o solo conmigo?

–Lo que sucede es que conozco la verdad sobre ti;

eso es todo –Isobel se arrepintió de inmediato de haber dicho aquello. No quería convertir su trabajo en un asunto personal.

–¿Te importaría explicarme a qué «verdad» te refieres?

Isobel volvió a sentir el cosquilleo de los nervios en su estómago.

–Creo que deberíamos dejar las cosas como están, Marco. Además, estoy cansada y quiero irme a dormir.

Cuando fue a pasar junto a Marco, éste la sujetó por el brazo.

–No vas a ir ningún sitio hasta que me aclares lo que has dicho.

Isobel lo miró a los ojos y supo que no iba a soltarla hasta que dijera algo.

–De acuerdo. Pienso que eres un hombre arrogante... e implacable en los negocios. Compras empresas y las despojas de valor. Juegas a ser dios mientras despides a la gente y destrozas sus vidas.

–No hay duda de que tienes un punto de vista muy parcial sobre mí –dijo Marco en tono burlón.

–Me importa la verdad, Marco; no diría esas cosas sin datos en los que apoyarlas. Y sé que, en lo referente a los negocios, eres un auténtico depredador.

–Soy un hombre de negocios. A veces tengo que tomar decisiones duras cuando compro una empresa –Marco se encogió de hombros antes de añadir–: En cuanto a tus acusaciones sobre mi insensibilidad a la hora de despedir empleados y deshacer empresas... no sé de dónde te las has sacado –su mirada se endureció por un momento–. Siempre que es posible trato de recolocar a la gente en mi organización. Estoy en el negocio de levantar empresas fuertes y empleo a mucha gente.

–Haces que todo suene muy razonable, pero sé cómo

utilizas tu poder –replicó Isobel, enfadada–. Sé que eres muy capaz de forzar a pequeñas empresas a vender.

–Nunca he forzado a nadie a que me venda su empresa.

–Ahora sé que me estás mintiendo –Isobel mantuvo con firmeza la mirada de Marco–. Y lo sé porque obligaste a mi abuelo a venderte su empresa.

¡Ya estaba! ¡Lo había dicho! Se había enfrentado a él... Pero incluso mientras pensaba aquello lamentó haber pronunciado aquellas palabras.

–¿Tu abuelo? –Marco frunció el ceño–. ¿Qué empresa tenía?

Isobel negó con la cabeza.

–Ya he hablado demasiado, Marco. Deberíamos dejar el tema, porque nunca llegaremos a ponernos de acuerdo en lo referente a tu falta de ética profesional...

Pero Marco ya no la estaba escuchando; en lugar de ello, la observó con una inquietante intensidad.

–Keyes... –murmuró, mientras trataba de recordar–. No sé de qué estás hablando... –su voz se fue apagando al recordar la foto que había visto en el apartamento de Isobel. Había reconocido al hombre que aparecía en ella. De pronto, el nombre encajó en sus recuerdos como la última pieza de un rompecabezas–. Hayes... David Hayes; ese era el hombre que aparecía en tu foto. ¿Era tu abuelo? –preguntó, y vio el revelador rubor que cubrió las mejillas de Isobel–. Hace diez años que compré esa empresa.

–Hay cosas que nunca se olvidan –dijo Isobel con toda la frialdad que pudo–. Mi abuelo era un hombre honrado y decente y destrozaste su vida.

–¿Eso es lo que crees?

–Es lo que sé. Lo presionaste hasta que conseguiste hacerte con su empresa prácticamente por nada.

–No fue así como sucedió, Izzy –dijo Marco con calma–. Es cierto que tras resolver los problemas que tenía conseguí que el negocio resultara muy rentable. Pero fue la mala gestión lo que hundió a tu abuelo, no yo.

–Pero él me dijo que...

–No me importa lo que te dijera. Yo te estoy contando la verdad –interrumpió Marco–. Por algún motivo que desconozco, tu abuelo se fiaba del hombre al que había puesto al frente de la empresa, y fue éste el que la llevó a la quiebra. Lo primero que hice fue despedirlo.

Isobel se quedó mirando fijamente a Marco y, por un instante, sintió que la tierra se movía bajo sus pies.

–No había parado de contraer deudas que luego no pagaba. El tipo era... –Marco dejó de hablar al ver lo pálida que se había puesto Isobel–. ¿Te encuentras bien?

–Sí –contestó Isobel, que tuvo que hacer verdaderos esfuerzos para mantener la cabeza erguida.

Pero no se encontraba bien porque, de pronto, tras todos aquellos años culpando a Marco por lo que le había hecho a su abuelo, acababa de descubrir que el verdadero culpable había sido su padre.

¡Era su padre el que estaba al frente del negocio!

¿Por qué no le había contado su abuelo la verdad? ¿Por qué había apoyado todas las mentiras que su padre había contado sobre el implacable Marco Lombardi? Pero incluso mientras se hacía aquellas preguntas supo la respuesta. Porque en aquella época ella adoraba a su padre, y su abuelo, que la quería mucho, no quiso desilusionarla.

Pero lo cierto era que le había mentido, y reconocerlo resultaba muy doloroso. Siempre había pensado que era el único hombre en su vida en el que había podido creer. Por dolorosa que fuera, la verdad importaba.

El silencio se prolongó mientras trataba de recuperar la compostura.

–El hombre que dirigía la empresa era mi padre –susurró finalmente.

Marco asintió.

–Acabo de establecer la conexión. Te estoy diciendo la verdad, Izzy. Tu padre era un auténtico bribón... por decirlo con delicadeza

–¡No necesito tu delicadeza! –espetó Isobel, que miró un momento a Marco sin ocultar su enfado. Luego apartó la mirada, impotente. Había sido mucho más fácil creer que él era el culpable. Habría querido seguir creyendo que le mentía, que, tal vez, su padre no había hecho nada malo. Pero sabía que no era cierto.

Pensar en todos los años que había pasado equivocada le hizo sentirse muy tonta.

Marco apoyó una mano bajo su barbilla y le hizo alzar el rostro.

–Puedes disculparte cuando quieras –murmuró.

El contacto de su mano hizo que Isobel sintiera que la cabeza empezaba a darle vueltas. No quería bajar la guardia y disculparse ante él; sabía que hacerlo podía resultar muy peligroso.

–Sí... bueno... puede que estuviera equivocada –dijo a la vez que se apartaba de él.

–No hay ningún «puede». Te equivocaste.

–Pero persiste el hecho de que hiciste un trato muy ventajoso al comprar la empresa –insistió Isobel, testaruda.

–¿Y desde cuándo se considera eso un crimen? Compré la empresa de tu abuelo hace diez años, cuando acababa de poner en marcha mi negocio. Vi una oportunidad y la aproveché.

Isobel tragó saliva, consternada ante la evidencia de su error.

–De acuerdo... me equivoqué. Lo siento –añadió a pesar de sí misma. No se dio cuenta de que estaba llorando hasta que Marco secó con delicadeza una lágrima de su mejilla–. ¡No! –exclamó a la vez que volvía a apartar el rostro–. Ya me siento bastante tonta por haber estado equivocada todos estos años. Todo sucedió antes de que mi padre nos dejara, cuando aún creía en él. Supongo que mi abuelo trató de evitarme esa decepción.

–Puedo comprenderlo.

–¿En serio? Porque yo no estoy segura de poder comprenderlo –Isobel pasó una impaciente mano por su rostro–. Creo que mi abuelo debería haberme dicho la verdad, porque, pocos meses después de su muerte, cuando se hizo evidente que no había nada para él en su testamento, mi padre se fue.

Marco se encogió de hombros.

–Todo el mundo comete errores, Izzy. Tu abuelo hizo lo que le pareció más correcto. Debió quererte mucho.

Los ojos de Isobel volvieron a llenarse de lágrimas.

–Lo siento –dijo, y trató de secarlas con un furioso gesto de la mano–. Estoy comportándome como una estúpida.

–Eso no es cierto –Marco la miró con un destello amistosamente burlón en la oscuridad de sus ojos–. Puede que antes sí, pero ahora no.

Isobel alzó la mirada y vio que Marco deslizaba la suya hacia sus labios. De pronto, la atmósfera se cargó de electricidad entre ellos.

–Lo siento... en cualquier caso, creo que deberíamos retirarnos ya, ¿no te parece? –murmuró, confusa.

–¿Vas a huir, Izzy? –preguntó Marco en tono provocador.

–¡No! ¿Por qué iba a huir? –replicó Isobel.

–Buena pregunta –Marco alzó una mano y le acarició la mejilla. Aquel mero contacto hizo que Isobel experimentara un avasallador deseo que se acentuó al ver que seguía mirándole los labios.

De pronto, mientras Marco se inclinaba hacia ella, se dio cuenta de que quería que la besara. Lo deseaba hasta tal punto que le dolía todo el cuerpo. Ser consciente de ello supuso una intensa conmoción, y se dijo que debería apartarse, pero, por algún motivo, no logró hacerlo.

–Marco... –murmuró y, casi como si estuviera respondiendo a una invitación, Marco apoyó los labios en los suyos.

Pero no fue un beso ordinario. Sus labios eran habilidosos, hambrientos, exigentes, y tan provocadores que Isobel se quedó paralizada durante unos segundos.

Para su consternación, le devolvió el beso con igual pasión. Saboreó la sal de las lágrimas que acababa de derramar contra sus labios, consciente de que se estaba buscando problemas si no se apartaba de inmediato y ponía fin a aquella locura.

Pero las sensaciones que la embargaban eran tan agradables, tan intensas, que no quería parar. Si resultaba tan placentero ser besada por Marco, no quería ni pensar en lo que sentiría si estuviera aún más cerca de él, desnuda...

Aquel pensamiento le dio la suficiente energía como para apartarse.

–¿Qué estamos haciendo? –preguntó, consternada, jadeante.

–Creo que se llama darse un beso, Izzy –Marco sonrió. A diferencia de ella, parecía totalmente relajado.

–Y yo creo que se llama locura. No soy tu tipo, Marco, y tú no eres el mío, desde luego.

–Sin embargo, es obvio que nos atraemos mutuamente.

–¡Yo no me siento atraída por ti! –protestó Isobel.

–Izzy, Izzy... ¿Qué voy a hacer contigo? Mientes realmente mal.

Isobel sintió que la sangre le hervía, pero sabía que era cierto. Se sentía atraída por Marco. Sabía que para él sólo se trataba de mera curiosidad, pero no estaba segura de lo que era para ella. Lo único que sabía era que, si volvía a besarla, volvería a sentir lo mismo... y ya no tendría fuerzas para apartarse.

Reconocer aquello le produjo pánico.

–Creo que, dadas las circunstancias, debería irme mañana mismo. Mi periódico puede enviar a algún otro periodista para que ocupe mi puesto.

Marco soltó un prolongado silbido.

–Te asusto realmente, ¿no? –dijo con suavidad.

–¡No me asustas! –protestó Isobel–. Sólo trato de ser razonable. Todo esto se está volviendo demasiado personal... y no sólo me refiero al beso. También está la relación con mi pasado... todo.

Marco se encogió de hombros y se apartó de ella.

–Si quieres irte, por mí no hay problema. Haré que el chófer te lleve al aeropuerto mañana por la mañana. Pero, en cuanto te vayas, mi trato con el *Daily Banner* quedará cancelado.

–No lo dices en serio.

–Claro que lo digo en serio. Tengo por costumbre hacer lo que digo que voy a hacer, Izzy. Siempre.

Capítulo 6

ISOBEL no podía dormir. Hacía calor y no lograba dejar de pensar y de dar vueltas en la cama.

No entendía por qué había sentido lo que había sentido cuando Marco la había besado.

Aunque fuera cierto que no había sido el responsable del hundimiento del negocio de su abuelo, seguía siendo un mujeriego implacable. Era la clase de depredador capaz de sentir la debilidad de los demás para utilizarla en su propio beneficio... tanto en el mundo de los negocios como en su vida privada.

De manera que, cuanto antes se fuera de allí, mejor. Pero, si se marchaba, ¿cómo iba a averiguar si lo que pensaba de Marco era cierto? Ya se había equivocado respecto a él en una ocasión... y no quería volver a hacerlo.

En realidad, lo único que sabía de él era que tenía un carácter mucho más complicado de lo que había imaginado. Eso, y el hecho de que la excitaba más que ningún otro hombre que hubiera conocido.

Aquel pensamiento hizo que su temperatura subiera varios grados, y trató desesperadamente de ignorarlo. Pero, al cerrar los ojos, el recuerdo del beso regreso aún con más intensidad, así como la certeza de que ningún hombre le había hecho sentirse nunca tan viva... o asustada.

Rob nunca hizo que su corazón latiera de aquella

manera; de hecho, nunca despertó en ella sentimientos de deseo. Se dijo a sí mismo que aquello era lo que buscaba, que no quería perder el control, que quería una relación segura y estable con la que iniciar una familia.

Entonces no tenía ni idea de que, mientras la conquistaba, Rob tenía otra mujer de reserva. Y nunca lo habría averiguado de no haberse presentado una noche en su casa después del trabajo. Rob trató de decirle que la rubia con la que estaba no significaba nada para él, que sólo había sido un error de una noche y que era culpa suya por no querer acostarse con él.

Isobel llegó a pensar que tal vez fuera cierto. Incluso llegó a temer que algo no funcionara bien en ella, porque nunca le había costado demasiados esfuerzos anteponer el trabajo al deseo... Al menos hasta entonces, porque había tenido que hacer verdaderos esfuerzos para apartarse de Marco.

Y mucho se temía que había puesto su trabajo en peligro al decirle que no iba a continuar con la entrevista. Si regresaba al periódico sin el artículo que querían, su reputación se vendría abajo.

De todas las personas del mundo, ¿por qué tenía que ser precisamente Marco el que ejerciera aquel efecto sobre ella? No podía entenderlo, porque tenía todo lo que siempre había dicho que no le gustaba en un hombre.

Se preguntó qué pensaría si supiera que aún era virgen. Probablemente le diría que estaba emocionalmente marcada por su infancia. Ya había tratado de decirle algo así durante la cena, pero daba lo mismo lo que pensara. En todo lo caso, lo sucedido en su infancia le hizo más fuerte, le enseñó a ser cauta. Y no había nada malo en ello. Sobre todo estando con alguien como Marco Lombardi.

Estaba a punto de quedarse dormida cuando escuchó

el sonido de una puerta al cerrarse. Siguiendo un repentino impulso, se levantó y fue a mirar por la ventana. Estaba a punto de volver a acostarse cuando vio que Marco salía de la casa y se encaminaba hacia el muelle en que tenía amarrado su impresionante yate. Iba de traje y caminaba con paso firme. ¡Pero nadie se vestía así para navegar a las cuatro de la madrugada! ¿Habría creído que realmente iba a irse y él había decidido también marcharse? Era muy probable, y tal vez había dejado instrucciones a su chófer para que la llevara al aeropuerto.

Sin pararse a pensar, se puso la bata y salió corriendo tras él, descalza. La luz de la luna llena le bastó para llegar hasta el yate. Tras un momento de duda, subió a cubierta y se encaminó hacia una luz que iluminaba una ventana abierta. Se asomó al interior y vio que se trataba de una elegante sala de estar con varios sofás de cuero y mesas de cristal. Pero Marco no estaba dentro.

Siguió avanzando por la cubierta y, al girar en una esquina, lo vio apoyado contra la barandilla del yate, mirando hacia el mar. No se dio cuenta de que estaba manteniendo una conversación telefónica hasta que le escuchó hablar con alguien.

–Tendrás que prepararme esas cifras. Yo iré a Nueva York en cuanto me sea posible –Marco se volvió y vio a Isobel avanzando hacia él–. En cualquier caso, lo dejo en tus manos, Nick. Te llamo más tarde –añadió antes de colgar.

Se produjo un intenso silencio entre ellos mientras Marco deslizaba la mirada desde los pies desnudos de Isobel hasta su bata de satén negra, firmemente ceñida a su cintura.

–Vaya, mira lo que ha traído la marea –murmuró y, algo en el ronco tono de su voz hizo que los sentidos de

Isobel se precipitaran en una especie de caída libre–.
¿Qué haces aquí?

Isobel se encogió de hombros en un gesto de impotencia.

–No podía dormir y, al verte salir de la casa, he decidido venir a decirte que había cambiado de opinión.

–¿Sobre qué? –preguntó Marco mientras se acercaba a ella.

Isobel sintió que los latidos de su corazón arreciaban.

–Sobre... nuestra entrevista, por supuesto. He decidido quedarme.

–Ah –Marco sonrió–. Por supuesto que has decidido quedarte. Eres periodista y quieres tu historia. Nunca he tenido ninguna duda al respecto. Pero ¿qué haces aquí ahora?

–Ya te lo he dicho. He pensado que tal vez te habías tomado mis palabras literalmente y que debía hablar contigo, sobre todo si te ibas por algún asunto de negocios –Isobel trató de utilizar un tono práctico y eficiente, pero, dada su vestimenta, o su falta de ella, no lo logró del todo.

–Tengo una reunión de negocios en Italia a primera hora de la mañana, pero planeaba volver después para llevarte a Niza. ¿Pensabas que iba a marcharme sin despedirme de ti?

–¡No! Bueno... sí. Sólo quería comprobar que las cosas seguían bien entre nosotros después de nuestra conversación de anoche.

–Las cosas siguen bien.

La tranquilidad con que Marco dijo aquello, combinada con la forma en que estaba mirando el rostro de Isobel, hizo que ésta sintiera que su temperatura subía varios grados. Y comprendió que la entrevista no era el único motivo por el que había salido corriendo tras él. De hecho, su motivación había sido mucho más personal... y, por primera vez en su vida, no había antepuesto su trabajo a todo lo demás.

Reconocer aquello la asustó.

–En cualquier caso, ahora que hemos aclarado el asunto, será mejor que baje a tierra...

–Ya es un poco tarde para eso.

–¿Qué quieres decir? –preguntó Isobel, y abrió los ojos de par en par al ser consciente de que el yate se estaba moviendo.

–Que ya hemos zarpado.

–¿Bromeas? –consternada, Isobel pasó rápidamente junto a Marco y se encaminó hacia la barandilla. Sólo necesitó un vistazo para comprobar que no bromeaba–. ¡Tenemos que regresar! –exclamó.

–No tengo tiempo para regresar, querida.

–¡Pero no puedo ir a Italia contigo! –Isobel se volvió de nuevo hacia Marco y enseguida lamentó haberlo hecho, porque estaba demasiado cerca.

–¿Por qué no?

–¡Porque sólo llevo una bata! Y porque... ¡hay un millón de razones!

Marco la miró socarronamente.

–Sin embargo, has venido aquí corriendo sin tener en cuenta ese millón de razones –dijo mientras volvía a mirar atentamente a Isobel. Estaba totalmente distinta con el pelo suelto y agitado por la brisa. Además, la bata se le había deslizado hacia abajo por un hombro, dejando expuesta su cremosa piel y el moratón que se había hecho durante el vuelo.

–No entiendes, Marco. Yo... necesito volver –Isobel alzó ligeramente la barbilla y sus ojos destellaron bajo la luz de la luna.

–Claro que entiendo, Izzy. Pero tú debes comprender que es demasiado tarde para volver.

El yate se balanceó inesperadamente y Marco pasó un brazo por la cintura de Isobel para que no perdiera el equilibrio. Ello quiso apartarse, pero el contacto de la mano de Marco fue como combustible para el fuego que de pronto comenzó a arder en su interior.

–Hay una química incuestionable entre nosotros, Izzy, y no puedes seguir luchando contra ella.

–No sé a qué te refieres...

–Sabes perfectamente a qué me refiero –Marco posó la mirada en los labios de Isobel, que se los humedeció nerviosamente–. Y no creo que esas sensaciones vayan a desaparecer, a menos que abordemos el tema. ¿Tú que crees?

–Creo que eres la persona más arrogante que he conocido... y la más exasperante.

Marco sonrió. Estaba disfrutando con el fuego que había en el tono de Isobel, en sus ojos. Se preguntó si sería igualmente ardiente en la cama.

Tal vez había llegado el momento de averiguarlo. No iban a poder ignorar durante mucho más tiempo la avasalladora necesidad que estaba creciendo entre ellos. Era como tener un elefante en la habitación; ambos sabían que estaba allí, y ambos sabían con exactitud lo que estaba pasando.

Y cuanto más se esforzaba Isobel en luchar contra ello, más intrigado se sentía él. Era una periodista y no era precisamente su tipo de mujer, pero, cuanto más tiempo pasaba con ella, menos le importaban aquellos detalles. Al menos durante unas horas...

Ya que tenía tiempo libre, ¿por qué no pasarlo agradablemente?

–¿Y sabes por qué te enfurezco tanto, Izzy? –preguntó con suavidad.

Isobel sentía el corazón desbocado en el pecho. ¿Por qué de todos los hombres del mundo tenía que ser precisamente Marco el que le produjera aquel efecto? No quería perder el control... no debía perderlo, se dijo, enfadada.

–Me enfureces por tantos motivos que sería imposible enumerarlos.

–Deja que te ayude... El hecho es que te vuelvo loca porque te excito.

Isobel abrió los ojos de par en par.

–Eso no es cierto –a pesar de sus esfuerzos por hablar con firmeza, su voz surgió tan frágil como empezaba a sentirse. ¡No podía creer que Marco le hubiera dicho aquello!

–Quieres que te bese, y quieres que te haga el amor, pero te asusta la idea.

–Estás muy seguro de ti mismo, ¿no? –la voz de Isobel tembló de forma alarmante.

Marco la tomó de un brazo y la atrajo hacia sí.

–Estoy seguro de esto.

Desesperada, Isobel trató de resistir, pero el contacto con el poderoso cuerpo de Marco anuló su voluntad.

–Por favor... Marco...

–¿Por favor... qué? –preguntó él en son de broma–. ¿Por favor bésame? ¿Por favor, enséñame lo que me he estado perdiendo?

Tras añadir algo en italiano, Marco capturó la boca de Isobel con sus labios.

Por unos instantes, ella se esforzó en no devolverle el beso, pero fue como tratar de contener un maremoto. Las sensaciones que estaba experimentando se adueñaron por completo de ella. Unos segundos después tenía los brazos en torno al cuello de Marco mientras le devolvía el beso con auténtico fervor.

Cuando creyó que no iba a poder soportarlo más, cuando temió estar a punto de morir de deseo, sintió que Marco soltaba el cinturón de su bata. Debajo no llevaba nada, y supo que debería detenerlo, pero no logró hacerlo. Porque quería que la tocara más íntimamente... quería ofrecerse a él por completo.

–De manera que tenía razón –murmuró Marco en tono provocador junto a su oído–. Me deseas tanto que duele, ¿no?

En circunstancias normales, aquellas palabras habrían enfurecido a Isobel, pero parecía que un auténtico diablo se había adueñado de sus sentidos y le impedía reaccionar.

Marco deslizó una mano entre sus piernas mientras mantenía la otra en su cintura. No hubo ninguna indecisión en su caricia, y el contacto de sus dedos contra la parte más sensible de su cuerpo hizo que Isobel dejara escapar un gritito ahogado.

Pero le gustaba lo que estaba sintiendo y cuando Marco siguió acariciándola, le gustó aún más. Se estremeció de deseo cuando volvió a besarla e imitó con su lengua los movimientos de sus dedos, invadiendo sus sentidos y adueñándose de su mente.

De pronto, Marco se apartó de ella.

–Creo que deberíamos ir a algún sitio más cómodo, ¿no te parece? –susurró.

Isobel escuchó una vocecita en su interior que trataba de decirle que no, que debía detener aquello de inmediato. Pero cuando Marco inclinó la cabeza para volver a besarla, la vocecita abandonó su mente al instante.

Marco no esperó a su respuesta. La tomó en brazos y avanzó con ella por cubierta. El corazón de Isobel latía totalmente descontrolado cuando volvió a dejarla en el suelo tras entrar en una de las cabinas del yate. Cuando lo miró con los ojos abiertos de par en par y el pelo revuelto en torno a sus hombros, Marco pensó que nunca había visto a una mujer más encantadora.

Isobel apartó la mirada con timidez y la detuvo en la enorme cama que ocupaba gran parte de la cabina. ¿A cuántas mujeres habría seducido Marco allí? Aquel pensamiento cruzó su mente en un momento de lucidez. Aún no era demasiado tarde para decir que no, para decirle a Marco que no era aquello lo que quería... Pero sí era aquello lo que quería, lo que había querido desde el primer instante...

Marco se había quitado la chaqueta y se estaba desabrochando la camisa.

Aturdida, Isobel pensó que tenía un cuerpo increíble, poderoso, de anchos hombros. El cuerpo de un atleta.

Marco se volvió hacia ella y sonrió al ver que lo estaba mirando.

–Ven aquí –dijo.

Isobel dudó un instante y permaneció junto a la puerta de la cabina.

–Ven –insistió el a la vez que alargaba una mano hacia ella. Cuando Isobel tomó su mano, la atrajo hacia sí y se sentó en el borde de la cama. Luego deslizó la bata que vestía por sus hombros y dejó que cayera a sus pies, de manera que la tuvo desnuda ante sí–. He deseado hacer esto desde el momento en que te he visto subir a cubierta –murmuró con voz ronca.

Isobel sintió que su cuerpo ardía bajo la provocadora y ardiente mirada de Marco.

–¿No te parece buena idea? –preguntó él mientras le hacía sentarse en su rodilla.

–No sé... creo que he perdido el juicio –susurró Isobel mientras lo rodeaba con los brazos por el cuello–. Pero supongo que estás acostumbrado a ejercer ese efecto sobre todas las mujeres a las que te llevas a la cama.

Marco rió.

–Un caballero no habla nunca de sus conquistas anteriores... ya deberías saberlo.

–Sí... debería saberlo –Isobel deslizó las manos por el pelo de Marco y se quedó momentáneamente sin aliento cuando éste la besó en el cuello para luego deslizar los labios hasta sus pechos–. Y también sé... que no eres ningún caballero –añadió con dificultad cuando Marco deslizó la lengua por uno de sus pezones. Nunca había experimentado sensaciones tan intensas; quería más. ¿Cómo era posible que nadie le hubiera hecho sentirse así antes?

Se inclinó y mordisqueó con delicadeza el cuello de Marco.

–A pesar de tu aparentemente retraída actitud, sabía que eras una gatita salvaje –Marco rió a la vez que tumbaba a Isobel sobre le cama y se situaba sobre ella a horcajadas.

Isobel apenas lo estaba escuchando. Tan sólo lograba pensar en cuánto lo deseaba. Y cuando los besos de Marco se volvieron más intensos, más exigentes, se los devolvió gustosamente, entregándose por completo a él y al momento.

Mientras jugueteaban, Marco rozó involuntariamente su clavícula herida, lo que le hizo soltar una involuntaria exclamación de dolor. Al instante, Marco se inclinó y besó con infinita delicadeza su moretón.

Hubo algo en aquel momento que hizo que Isobel sintiera ganas de llorar. Le gustaba que Marco fuera más fuerte que ella, le gustaba que supiera cómo excitarla, cómo atormentarla de placer, pero, sobre todo, le gustaba su ternura.

Por primera vez en su vida se sintió como una mujer, comprobó el poder que tenía sobre él. Y al mismo tiempo le encantó el abrumador control que Marco ejercía sobre ella. Aún le asustaba un poco... pero no iba a luchar contra ello... no podía.

Marco alargó una mano hacia la cajita de preservativos que tenía en la mesilla de noche.

—Más vale prevenir que curar —murmuró cuando volvió a reunirse con Isobel en la cama.

La besó apasionadamente y ella le devolvió los besos con la misma pasión.

Pero cuando Marco empezó a penetrarla, se quedó paralizada y dejó escapar una involuntaria exclamación de dolor. Él se detuvo al instante y la miró a los ojos.

—¿Te estoy haciendo daño?

—¡No! —mintió Isobel con auténtico fervor, anhelando que continuara.

Marco volvió a moverse y ella se mordió el labio inferior. No debía permitir que averiguara que era virgen... Sería demasiado bochornoso.

Marco volvió a apartarse y la miró con el ceño fruncido.

—¿Qué sucede?

—Nada. ¿Por qué paras?

—Porque es evidente que te estoy haciendo daño. Cualquiera pensaría que no has hecho esto nunca...

—No seas tonto —dijo Isobel, pero no se atrevió a mirarlo a la cara.

No era posible que fuera virgen, se dijo Marco, basándose en el fuego y la pasión de su respuesta. Pero también recordó otras cosas; la evidente confusión que le había producido la química existente entre ellos, su vano intento de ignorarla, la forma en que lo había mirado en ciertas ocasiones, como si le tuviera miedo...

–¿Eres virgen, Isobel?

Marco manifestó tal incredulidad al hacer aquella pregunta que Isobel no fue capaz de ocultar su indignación.

–¡No!

Marco supo en aquel instante que estaba mintiendo. Cuando se irguió, Isobel trató de apartarse, pero la retuvo contra la cama con una mano a la vez que le hacía volver el rostro con la otra.

–¿Eres virgen? –repitió.

–¿Qué importancia puede tener eso?

–Mucha. Si me lo hubieras dicho, habría...

–¿Qué habrías hecho? ¿Reírte a mis expensas? ¿Disfrutar añadiendo una nueva muesca en tu lista de vírgenes? –replicó Isobel, dolida.

–Habría tenido más cuidado contigo.

–No quiero que tengas cuidado conmigo. Esto es sólo sexo... nada más.

¿Trataba de convencerlo a él, o a sí misma?, se preguntó Marco. Apartó un mechón de su frente con ternura. Evidentemente el sexo era algo importante para ella. Y era evidente que alguien le había hecho daño en el pasado. ¿Quién habría sido? ¿Su padre? ¿El tipo con el que había estado comprometida? ¿Ambos, tal vez?

Se dijo a sí mismo que aquello no era asunto suyo, que él sólo buscaba un desenfadado revolcón. Pero de pronto se encontró acunando a Isobel contra su pecho. La besó de nuevo y sintió la humedad de las lágrimas en sus mejillas. Era tan deliciosa, tan femenina, dulce y deseable... Resultaba asombroso pensar que un cuerpo como aquel fuera completamente inocente.

Pero ¿cómo iba a poseerla sabiendo lo que sabía?

–El sexo sí es importante –murmuró contra su oído–. Y no quiero hacerte daño.

–No vas a hacerme daño –dijo Isobel, anhelando que continuara donde lo habían dejado.

Marco se apartó para mirarla a los ojos.

–Me refiero a que no quiero hacerte daño emocionalmente...

Al escuchar aquello, Isobel experimentó una sensación que no supo definir.

–No puedo hacerte promesas –añadió Marco mientras le acariciaba la mejilla.

Sus roncas palabras hicieron que Isobel frunciera el ceño.

–Sé que te gusta jugar... –dijo, indecisa.

Por unos instante, Marco pareció perdido en sus pensamientos.

Isobel sabía que le estaba dando la oportunidad de retirarse, y se dijo que debería aceptarla. Pero el hecho de que Marco estuviera siendo sincero con ella significaba algo. Prefería eso que las mentiras.

–No necesito promesas, Marco –dijo con suavidad–. Sólo quiero sinceridad y, si esta noche va a ser la única que tengamos, por mí no hay problema.

Capítulo 7

AÚN ADORMECIDA, Isobel se estiró lángui-
damente en la cama. Sentía el cuerpo extraño...
un poco dolorido... cansado... y, sin embargo,
intensamente vivo.

Al recordar repentinamente lo sucedido la noche anterior se quedó momentáneamente paralizada. ¿Qué había hecho? Los recuerdos invadieron en tropel su mente,
recuerdos que le produjeron un pánico tan intenso que
apenas se atrevió a mirar a su lado.

Contuvo el aliento y echó un rápido vistazo. Afortunadamente, Marco no estaba allí. Se irguió con una mezcla de alivio y consternación. Apenas podía creer lo sucedido, ni la facilidad con que se había entregado a
Marco. Recordó los besos, las sensaciones intensamente placenteras que había experimentado entre sus
brazos, la sensación de que todo estaba bien, como si
por fin hubiera encontrado el lugar al que pertenecía.

Miró al techo mientras trataba de controlar sus emociones. ¡Seguro que todas las mujeres a las que besaba
Marco se sentían así!, se dijo, enfadada. ¡Aquel hombre
era un auténtico maestro de la seducción!

¿Cómo podía haber permitido que sucediera aquello?, se preguntó. Pero ya sabía que no había una respuesta racional para aquella pregunta. Era como si hubiera estado bajo el poder de algún hechizo... Gimió y
enterró el rostro entre las manos. Debería haber puesto

freno a lo sucedido desde el primer instante, pero lo cierto era que no había querido hacerlo. Pero incluso en aquellos momentos, mientras pensaba en lo que sucedió a continuación, tenía la extraña sensación de estar derritiéndose por dentro.

Al principio, Marco fue muy delicado con ella. La ayudó a superar los momentos de dolor hasta que empezó a disfrutar, y después se concentró en despertar su cuerpo, en provocarle un torbellino de sensaciones maravillosas, en lograr que le rogara que siguiera, que no dejara nunca de darle placer...

El recuerdo de su total carencia de control la dejó horrorizada. Siempre había estado segura de que aquello no le pasaría a ella, pero le había pasado... ¡y precisamente había tenido que ser con Marco Lombardi!

Incluso le había dicho que no le importaba que aquella fuera a ser su única noche. Su deseo había sido tan intenso que no había logrado pensar más allá del momento. Pero más le valía no profundizar en aquello. Era cierto que había sido una noche de locura, pero eso era algo habitual en el mundo moderno. No tenía mayor importancia porque no volvería a pasar. Estaba segura de que Marco ya lo habría olvidado, de que estaría ocupado con otros asuntos. El barco no se estaba moviendo, de manera que debían estar anclados junto a la costa italiana y, probablemente, Marco estaría asistiendo a alguna reunión. Para un hombre como él, el sexo no debía ser más que una diversión; lo verdaderamente importante eran los negocios. Y ella debería hacer lo mismo, se dijo con firmeza a la vez que salía de la cama para darse una ducha.

Pero mientras se duchaba no logró ignorar la inquietud que le producía la perspectiva de volver a sentarse frente a Marco, de tener que comportarse como si no hubiera pasado nada entre ellos.

Cuando salió del baño con intención de vestirse recordó que lo único que tenía para ponerse era la bata de la noche anterior. Reacia, la recogió del suelo y se la puso. Mientras lo hacía miró el reloj de la mesilla y vio con consternación que era casi mediodía.

Al mirarse en el espejo antes de salir, comprobó que no tenía precisamente su mejor aspecto. Tenía los labios ligeramente hinchados a causa de los besos de Marco, y él pelo se le empezaba a rizar en torno al rostro. Pero, ¿qué más daba?, se dijo con firmeza. No trataba de impresionar a nadie. Marco no significaba nada para ella. Nada. Y ella no iba a ser una de aquellas mujeres que creían que podían cambiarlo, o que pasar una noche con él significaba algo. Aquello sería llevar la estupidez de lo que había hecho a unos límites absurdos.

Haciendo acopio de todo su valor, abrió la puerta de la cabina y se encaminó a cubierta. El sol brillaba en lo alto y el cielo estaba completamente despejado. Miró a su alrededor mientras respiraba profundamente el aire salado del mar. Estaban anclados a unos cien metros de la costa y a lo lejos se divisaba un bullicioso muelle.

Avanzó por cubierta hasta llegar a una espaciosa zona en la que había una mesa puesta para uno.

–Buenos días, señorita –saludó un hombre joven uniformado de negro que salió de la cocina–. ¿Está lista para desayunar?

La cortés pregunta desconcertó momentáneamente a Isobel, que pensó que aquello era como estar en un hotel de cinco estrellas.

–Sólo quiero un café, gracias.

–¿Está segura de que no le apetece nada más? ¿Huevos revueltos, cereales, cruasanes? El señor Lombardi ha dicho que debe sentirse como en su casa.

–Es muy amable por su parte, pero sólo quiero café, gracias –Isobel se sentó y observó al camarero, que tomó la cafetera de una mesita lateral–. ¿Dónde está el señor Lombardi? –preguntó en el tono más desenfadado que pudo.

–Asiste a una reunión en Niza, señorita.

–¿En Niza? –Isobel miró hacia la costa, sorprendida–. Creía que estábamos en Italia.

–A primera hora estuvimos en Italia, pero ahora hemos vuelto a Francia.

Isobel se relajó un poco. Al menos, Marco no estaba en el yate. Para él, lo principal eran los negocios, y ella debía hacer lo mismo.

El aroma a café se mezcló con el de la brisa del mar mientras el camarero le servía.

–Ya han llegado los periódicos de la mañana, señorita. Y también un paquete para usted. ¿Quiere que se los traiga?

–Sí, por favor –contestó Isobel, intrigada. El paquete no podía ser para ella, pues nadie sabía que estaba allí.

El camarero regresó unos momentos después con varios periódicos y dos cajas doradas rodeadas con una cinta roja.

–¿Los han traído por barco esta mañana?

–Sí, señorita. Estemos donde estemos, al señor Lombardi le gusta que le traigan los periódicos al yate.

«Por supuesto», pensó Isobel con ironía; todo el mundo debería recibir la prensa de la mañana en su yate. Sonrió mientras echaba un vistazo a las portadas, decidida a incluir aquella información en su artículo.

Bebió un sorbo de café antes de prestar atención a las cajas. Había una carta sujeta a una de éstas, y vio con sorpresa que su nombre estaba escrito en ella. La abrió rápidamente y sacó una hoja de papel.

Espero que hayas dormido bien, Izzy. Reúnete para comer conmigo en el mercado de flores de Niza. Restaurante Chez Henri, a la una en punto. No te retrases. Marco.

Más que una invitación, aquello parecía una orden, pensó Isobel. Pero ¿cómo iba a acudir a la cita si no tenía ropa con que vestirse? A menos que...

Miró las cajas y abrió la primera. Dentro encontró un vestido de seda de exquisitos tonos verdes y violetas. Incluso antes de mirar la etiqueta supo que se trataba de un carísimo vestido de una marca exclusiva. ¡Y era de su talla!

En la otra caja encontró un par de zapatos de tacón Jimmy Choo y un bolso a juego.

Nunca había tenido un conjunto tan bonito, ni tan caro. Pero, por algún motivo, no parecía adecuado aceptar un regalo como aquel de un hombre con el que se acababa de acostar. Se sentía un poco como una querida, o como una mujer mantenida.

Cerró las cajas con el ceño fruncido. Tenía que ser razonable. Si no aceptaba la ropa no podría reunirse con Marco para comer. Y, tal vez, sólo tal vez, él estaría dispuesto a concederle una entrevista. Si era así, ella dejaría atrás aquel episodio, volvería a Londres y se olvidaría de todo lo relacionado con Marco Lombardi.

Había una limusina esperando junto al muelle al que había conducido en lancha a Isobel otro de los empleados de Marco. Cuando el chófer bajó para abrirle la puerta, Isobel notó las miradas de curiosidad que le dirigieron algunos de los viandantes. No estaba acostumbrada a recibir tantas atenciones, y debía reconocer que le agradaba. El vestido que llevaba era fabuloso. Se adaptaba a la perfección a sus curvas y sus tirantes eran lo suficientemente anchos como para ocultar el pequeño moretón que tenía en la clavícula. Al parecer, Marco había pensado en todos los detalles.

La limusina salió de la calle principal y cruzó por un pasadizo abovedado antes de detenerse en lo que parecía el casco antiguo de la ciudad.

—El señor Lombardi la está esperando —el chófer señaló una calle adoquinada en la que había varios restaurantes con terrazas exteriores.

Mientras avanzaba en la dirección señalada por el chófer, Isobel se sentía tan nerviosa como una adolescente en su primera cita. Mantuvo la cabeza alta con decisión. Sólo se trataba de una cita de trabajo, se repitió una y otra vez. Sería una locura pensar cualquier otra cosa. Trató de concentrarse en la belleza de los alrededores, en los viejos edificios que había a ambos lados de la calle, cuyos balcones estaban llenos de flores.

Vio a Marco antes de que él la viera a ella. Estaba sentado en una de las terrazas, estudiando el menú. Parecía tan relajado y sofisticado con su traje oscuro y su camisa blanca que Isobel sintió que todos sus propósitos la abandonaban.

¿De verdad estaba esperándola a ella aquel hombre tan atractivo?, se preguntó. ¿Había sucedido realmente lo de la noche anterior, o se habría tratado tan sólo de una alucinación? Nada de lo que le estaba sucediendo parecía real.

Cuando Marco alzó la vista, Isobel se sintió aún más alucinada al ver la expresión de sorpresa que cruzó su rostro mientras la miraba de arriba abajo.

—Tienes un aspecto magnífico, Izzy —dijo mientras se ponía en pie.

–Gracias –contestó ella, repentinamente cohibida. Lamentó no haberse maquillado... no ser tan bella como las mujeres con que solía salir Marco. Experimentó una punzada de rabia hacia sí misma por la absurdez de aquel pensamiento.

Aquella no era una cita real, se recordó con firmeza. Además, ya sabía la clase de hombre que era Marco; aunque hubiera sido la mujer más guapa del mundo, su interés por ella no habría ido mucho más allá de una noche. Y no le habría extrañado que ya se hubiera olvidado hasta de eso.

–El vestido te sienta muy bien –Marco no se sentó hasta que Isobel ocupó su silla.

–Sí... gracias. Supongo que tienes una secretaria a la que se le da bien ir de compras durante su rato de descanso.

Marco rió.

–En realidad he visto el vestido en el escaparate de una boutique cuando iba al trabajo esta mañana. Pero tienes razón; tengo una secretaria realmente eficiente que ha salido a comprarlo en su rato de descanso.

–Gracias de todos modos. No sabía si aceptarlo, pero he pensado que si me presentaba a comer en bata se habría creado un ligero revuelo.

–Seguro que sí, porque estabas realmente sexy con la bata.

Isobel se esforzó por no manifestar ninguna reacción, pero sintió que su rostro se acaloraba al recordar cómo le había desabrochado la bata, cómo había deslizado las manos por su cuerpo desnudo...

–¿Qué tal te encuentras esta mañana? –preguntó Marco en tono desenfadado a la vez que hacía una seña a un camarero.

–Muy bien –Isobel se esforzó en mantener la cabeza

alta y en no apartar la mirada. Podía hacer aquello. Podía mostrarse tan desenfadada como él, podía olvidar todo lo sucedido entre ellos.

–Bien –Marco siguió contemplando a Isobel. Había supuesto que tendría buen aspecto con el pelo suelto y la ropa adecuada, pero no esperaba que pudiera resultar tan deslumbrante. A pesar de que no llevaba maquillaje, su piel era perfecta y sus labios poseían el tono y el brillo natural del albaricoque. Pero eran sus ojos lo que más llamaba su atención en aquellos momentos; parecía tan decidida, y a la vez tan indefensa... Aquella mezcla resultaba muy intrigante, y le hacía recordar la dulzura e inocencia con que había respondido en la cama.

–Anoche disfruté mucho –dijo, y observó con interés cómo se cubrían de rubor las mejillas de Isobel. No recordaba la última vez que había visto ruborizarse así a una mujer.

–Sí... estuvo... bien... –Isobel se sentía tan avergonzada que lo único que quería era levantarse y salir corriendo de allí.

Marco rió.

–Desde luego que estuvo bien –dijo, y el ronco tono de su voz hizo que Isobel se ruborizara aún más.

El día anterior, Marco se había preguntado si aquella timidez era real... y ahora sabía que lo era. Y era evidente que Isobel estaba haciendo verdaderos esfuerzos para enfrentarse a la situación en que se hallaba.

–¿Qué tal ha ido tu reunión de trabajo esta mañana? –preguntó Isobel en un intento de cambiar de tema.

–Lo cierto es que ha resultado muy inconveniente. Habría preferido disfrutar de unas cuantas horas más en la cama...

–Creo que deberías saber que anoche no estaba pensando con claridad, Marco... y esta mañana tampoco

–dijo Isobel, sin aliento–. Así que, si no te importa, preferiría que no nos dedicáramos a analizar lo sucedido.

–Lo suponía –Marco sonrió–. Ninguno de los dos había planeado lo de anoche. Fue una de esas cosas... la química, el karma... como quieras llamarlo.

Isobel asintió y trató de convencerse de que con aquella conversación habían aclarado las cosas.

–¿Qué te parece si pedimos la comida? –sugirió Marco cuando el camarero se acercó a la mesa.

–Sí, por supuesto –Isobel tomó el menú y trató de estudiarlo. Pero nada de lo que aparecía en éste logro interesarla. Además, se sentía tan tensa que temía no ser capaz de comer nada.

–El marisco es muy bueno en este restaurante, y la ensalada Nicoise es la especialidad de la región.

–En ese caso, pediré la ensalada.

Marco asintió y a continuación se comunicó con el camarero en un perfecto francés.

Isobel trató de no pensar en lo sexy que sonaba, en nada relacionado con la noche pasada, pero se ruborizó de nuevo cuando volvió a mirarla. Parecía tan cómodo, tan seguro de sí mismo... Supuso que estaba muy acostumbrado a acostarse con mujeres sin pensar demasiado en ello. Cuando miró sus manos no pudo evitar recordar cómo la había acariciado, y cuando miró sus labios recordó cómo habían poseído los suyos... Y cuando sus miradas se encontraron volvió a experimentar un intenso deseo por él. Le iba a resultar realmente difícil simular que no había pasado nada entre ellos...

Marco era consciente de que la química seguía presente entre ellos, y sabía que sólo tendría que alargar una mano hacia Isobel para que cayeran las defensas que tan desesperadamente intentaba alzar entre ellos. Sintió la tentación de hacerlo en aquel mismo instante, porque durante las reuniones de trabajo a las que había asistido aquella mañana sólo había sido capaz de pensar en volver a poseerla. Pero algo en su mirada le hizo detenerse. Sabía que podía hacerla suya de nuevo, pero quería tomarse las cosas con calma, quería explorar su mente además de su cuerpo... algo nada habitual en él. La mayoría de las mujeres se derretían por recibir una mirada suya, pero Isobel era diferente.

Desde su divorcio no había querido implicarse en una relación con ninguna mujer, especialmente con una periodista, pero tenía algo de tiempo libre antes de volar a Nueva York por un asunto de negocios, e Isobel era realmente atractiva.

—Tengo noticias para ti. Esta mañana he cerrado mi trato con Cheri Bon.

—¿En serio? —Isobel se irguió en su asiento al escuchar aquello—. ¿Vas a contarme algo al respecto?

—Puede que sí —contestó Marco con una sonrisa.

De momento podía seguirle la corriente y mostrarse serio y profesional, pero las cosas cambiarían después de la comida.

Capítulo 8

EL SOL calentaba la espalda de Isobel. La comida era exquisita y la conversación estimulante. Marco le estaba contando los detalles de su trato con la empresa de confitería francesa, y la conversación resultaba realmente absorbente.

–Cuando decides que quieres algo, vas directo a por ello, ¿no? –murmuró a la vez que movía la cabeza.

–¿Y tú no? ¿Acaso no eres la periodista que ha pasado semanas merodeando en torno a las oficinas de Sienna para tratar de averiguar lo que estaba pasando?

–Estaba convencida de que ibas a hacer desaparecer la empresa –Isobel miró a Marco con expresión culpable–. Lo siento, pero lo cierto es que el año pasado cerraste una empresa en Londres.

–Henshaws... –Marco movió la cabeza–. Esa compañía ya estaba en las últimas cuando la compré, Izzy. Lo que valía de verdad eran los terrenos en los que estaba.

–Pensaba que había sido algo parecido a lo que le sucedió a mi abuelo... Ahora sé que estaba equivocada.

–Aún te duele pensar lo que le sucedió a la empresa de tu familia, ¿no?

Isobel se encogió de hombros.

–No se me ocurrió pensar que mi padre pudiera hacerme aún más daño del que ya me había hecho... Pero preferiría no hablar de eso –añadió Isobel rápidamente.

–De acuerdo. ¿Te he dicho que eres la primera reportera con la que he querido pasar un rato? –Marco se inclinó para apartar un mechón de pelo de la frente de Isobel–. Es muy curioso –añadió con voz ronca.

Isobel habría querido decirle que a ella también le gustaba estar con él, pero sabía que hacerlo sería una locura, un suicidio emocional. Marco era un jugador, se dijo por enésima vez... y ella era su juguete.

En aquel momento sonó el móvil de Marco, que respondió con evidente desgana.

–Voy a tener que pasar por la oficina antes de volver al yate –dijo cuando colgó–. No te importa, ¿verdad?

–No, claro que no –la idea de volver al yate con Marco le producía una intensa aprensión. Era fácil simular allí, estando rodeados de gente, pero no sabía cómo se enfrentaría a sus sentimientos cuando volvieran a quedarse a solas.

–Creo que se avecina una tormenta –dijo Marco a la vez que hacía una seña al camarero para que le llevara la cuenta.

Isobel alzó la mirada hacia el cielo y vio que se estaba cubriendo de nubes oscuras procedentes del mar.

Cuando salieron del restaurante, Marco la tomó del brazo mientras caminaban. Isobel se dijo que debería apartarse de él, pero no lo hizo. Había algo encantador en pasear por aquellas antiguas calles del brazo de Marco.

–¿Es la primera vez que vienes a Niza? –preguntó Marco al notar el interés con que Isobel miraba todo lo que les rodeaba.

–Sí. Nunca había venido al sur de Francia.

–¿En serio? Si tenemos tiempo, te enseñaré la zona.

–Eso sería divertido... Aunque se supone que no estoy de vacaciones.

–Yo tampoco –Marco sonrió–. Pero podemos hacer novillos.

La sugerencia sonaba bien, pero rompió a llover antes de que Isobel tuviera oportunidad de contestar.

–Será mejor que nos demos prisa –Marco sujetó con firmeza el brazo de Isobel y aceleró el paso.

La lluvia comenzó a caer de pronto con fuerza torrencial, como si alguien estuviera arrojando cubos desde el cielo. Para cuando encontraron un portal en el que guarecerse, Isobel estaba empapada. No había mucho sitio y tuvieron que arrimarse el uno al otro mientras observaban cómo corría la gente para guarecerse del chaparrón.

–¡Guau! ¿Qué ha pasado con el magnífico día que estaba haciendo?

–Cuando llueve en Niza, llueve de verdad; por eso tienen un campo tan verde y exuberante –Marco miró a Isobel con gesto de preocupación–. ¿Estás bien?

–Sí.

–Estás completamente empapada.

–Como tú –por un momento, Isobel fue incapaz de hacer otra cosa que mirar a Marco. Y olvidó por completo la lluvia al notar que tenía la vista fija en sus labios.

Quería que la besara... lo deseaba tanto...

Cuando Marco inclinó la cabeza y la besó, Isobel se rindió de inmediato a la calidez de sus besos, besos que devolvió apasionadamente.

Marco apartó el rostro al cabo de un momento.

–Hace tiempo que no besaba a alguien en un portal –dijo con una sonrisa.

–Yo tampoco. Creo que la última vez tenía dieciséis años.

–Me habría gustado conocerte a los dieciséis –comentó Marco en tono insinuante–. Pero sospecho que la diferencia de edad habría sido excesiva.

A Isobel también le habría gustado conocerlo a los dieciséis, y también le habría gustado ser una chica distinta a esa edad, una chica despreocupada, que habría disfrutado quedándose con él en lugar de tener que volver corriendo a casa, temiendo lo que pudiera encontrar al llegar...

Marco contempló el cielo.

—Parece que la lluvia está amainando. ¿Echamos una carrera hasta mi oficina? No está lejos de aquí.

Isobel asintió.

—Ya no vamos a poder mojarnos mucho más.

Mientras corrían, Isobel trató de no analizar lo que estaba sucediendo entre ellos. Parecía demasiado real... demasiado bueno. Se había pasado la vida tratando de ser razonable y cuidadosa, tratando de evitar sufrimientos y desengaños, pero, ¿adónde le había llevado aquella actitud?

Unos momentos después Marco se detuvo ante las verjas de entrada de un gran edificio y pulsó un código de seguridad que hizo que se abrieran, dándoles paso a un exuberante jardín.

—Bienvenida a las oficinas centrales de Lombardi.

La vieja mansión estaba pintada de amarillo y tenía todas sus contraventanas blancas abiertas de par en par.

—No esperaba que hubiera unas oficinas en un edificio tan bonito —comentó Isobel.

—Esta era la casa en que creció mi madre. La construcción original era de comienzos del siglo XIX.

—Es una lástima que se haya reconvertido en una oficina.

—Lo sé, pero está situada en un lugar muy conveniente, y eso es lo que cuenta hoy en día.

Entraron en un amplio vestíbulo del que partía una ancha escalera. Una secretaria acudió rápidamente con un montón de correo en las manos y habló con Marco en francés. Isobel se preguntó si habría sido ella la que había comprado el vestido. Era rubia, tendría unos diecicho o diecinueve años y vestía una camiseta negra de tirantes, una minifalda y sandalias.

Era muy atractiva, e Isobel no pudo evitar fijarse en cómo sonrió a Marco antes de entregarle las cartas. Lo más probable era que la mitad de sus empleadas estuvieran enamoradas de él. Incluso con el pelo mojado y apartado del rostro resultaba demasiado atractivo...

–Será mejor que subamos a secarnos y a tomar café –dijo Marco mientras se encaminaban hacia los ascensores–. Llamaré al chófer para que venga a recogernos luego.

Isobel esperaba encontrarse con otra oficina al salir del ascensor, pero cuando las puertas se abrieron se encontró en un apartamento muy elegante, con el suelo de baldosas negras y blancas.

–Es precioso –murmuró mientras Marco la conducía a una sala.

–Lo decoró un interiorista experto en la época. Hizo que lo dejaran con el mismo aspecto que tenía cuando construyeron el edificio.

–Es muy elegante –comentó Isobel mientras miraba a su alrededor. Fuera, la lluvia volvía a arreciar y un rayo iluminó momentáneamente el oscuro cielo–. Parece que la tormenta no se va. Casi me alegro de no estar de vuelta en el yate.

–Estarías totalmente a salvo en el yate. De hecho, resulta muy estimulante estar en el mar durante una tormenta –Marco estaba examinando su correo mientras hablaba, pero, al alzar la mirada, se distrajo con el contorno de cuerpo de Isobel, delineado por el contraluz de la ventana. El empapado vestido que llevaba se ceñía seductoramente a sus curvas, realzando su fabulosa figura. Y cuando se volvió hacia él, comprendió que la deseaba allí mismo, en aquel instante.

–Pero no tenemos por qué volver al barco esta noche. Podemos quedarnos aquí –dijo con voz ronca.

Isobel supo exactamente lo que le estaba diciendo. Su tono no dejaba lugar a dudas, al igual que el depredador destello que captó en la oscuridad de su mirada.

Pero lo que de verdad la asustó fue la oleada de deseo que recorrió su cuerpo, y su nula intención de ignorarla.

–Eso parece... todo un plan –murmuró, y su corazón latió con más fuerza cuando Marco se acercó a ella.

Mientras deslizaba la mirada por su figura, deteniéndola un momento en sus firmes pechos, claramente delineados contra la tela mojada del vestido, Marco se preguntó cómo era posible que hubiera pensado en algún momento que Isobel era una chica de aspecto normal y corriente. Sólo tenía que mirarla para excitarse...

–Tenías una aspecto magnífico con ese vestido durante la comida, *cara*... –murmuró–. Pero me gustas aún más con él mojado –mientras hablaba retiró un tirante del vestido de Isobel y se inclinó para besarle el hombro a la vez que deslizaba la otra mano por la excitada cima de sus pezones–. De hecho, creo que deberías vestirte siempre así.

Isobel descubrió que estaba tan excitada que apenas tenía aliento para responder.

–Me encanta ver el contorno de tus pezones contra la tela... y también el de tu precioso trasero.

–¡Marco! –Isobel se ruborizó intensamente y Marco rió mientras tiraba hacia abajo del vestido para besar la sedosa curva de sus pechos.

–¿Te he dicho ya cuánto me gusta ese toque de bibliotecaria que tienes?

–Supongo que te refieres... al que solía tener... –murmuró Isobel, que dejó escapar un involuntario gritito de placer cuando Marco deslizó la lengua por uno de sus pezones.

El trueno que se escuchó en aquel momento pareció hacer eco de las sensaciones que se estaban adueñando de su cuerpo. Gimió con suavidad, anhelante, pero Marco la acalló con sus labios y se adueñó de sus sentidos hasta hacerle sentir que iba a volverse loca si no se arrimaba más a él.

–Te deseo ahora mismo, Izzy . Quiero poseer tu cuerpo una y otra vez... hasta quedar completamente saciado.

Las palabras de Marco sonaron más a una orden que a una petición, e Isobel sintió que la temperatura de su cuerpo subía aún más. Ella también lo deseaba en aquel mismo instante, y las sensaciones que se estaban adueñando de su cuerpo no dejaban lugar para la vergüenza, los remilgos, o cualquier tipo de pensamiento racional.

Sin previo aviso, Marco la alzó para situarla sobre el escritorio a la vez que apartaba con impaciencia todos los papeles y objetos que había sobre éste, que acabaron en el suelo. Terminó de quitarle el vestido y luego tiró de sus braguitas sin contemplaciones.

Isobel lo rodeó con las piernas por encima de las caderas y se estremeció de placer al sentir la dureza del poderoso miembro de Marco contra la cálida humedad de su sexo.

–¿Dónde está mi tímida y dulce bibliotecaria? –murmuró él–. Vamos... dime cuánto me deseas.

–No me atormentes, Marco –Isobel deslizó las manos por su camisa y trató de desabrochársela, ansiosa–. Ya sabes que te deseo...

–Pero yo quiero atormentarte, *cara*. Quiero escuchar cuánto me deseas...

Marco añadió algo en italiano... algo que sonó cálido, ardiente, y a continuación tomó entre sus labios un pezón de Isobel y lo mordisqueó con delicadeza.

–Te deseo... te deseo tanto... –murmuró Isobel, que cerró los ojos al sentir una arrebatadora oleada de placer.

–Y yo que creía que querías olvidarte de todo esto y ser práctica...

–Y quiero serlo... pero no en este momento...Te necesito, Marco... ahora mismo... ¡por favor!

Marco sonrió.

–Paciencia, cariño –dijo mientras sacaba del bolsillo un preservativo–. Hay que pensar en la protección...

–¡No quiero ser paciente! –Isobel se irguió un poco al decir aquello. Su pelo negro había empezado a secarse y a brillar, y sus ojos destellaban de deseo.

A Marco nunca le había parecido más bella que en aquel momento, y sintió que su estómago se encogía mientras se esforzaba por mantener el control.

Isobel alargó una mano para acariciarle el sexo y vio una llamarada de deseo en la profundidad de sus oscuros ojos. Un instante después sintió cómo se esfumaban la barreras que ambos habían tratado de erguir, abrasadas por el incendio que estaba consumiendo sus cuerpos. Ninguno de los dos controlaba la situación. Ninguno de los dos podía pensar con claridad. Tan sólo podían devorarse mutuamente, tratar de apagar las llamaradas que amenazaban con abrasarlos...

Las medidas anticonceptivas quedaron completamente olvidadas, y cuando finalmente llegó la liberación, Isobel experimentó tal placer que temió desmayarse. Marco tuvo que hacer acopio de todo su autocontrol para retirarse a tiempo.

Luego permanecieron abrazados, jadeantes, y pasó

un buen rato antes de que la realidad volviera a imponerse.

–¿Qué acaba de pasar? –murmuró finalmente Isobel con voz temblorosa e incrédula.

Marco rió mientras acariciaba su oscuro y sedoso pelo.

–Creo que acaba de haber un terremoto en el sur de Francia.

Isobel sonrió, adormecida; no entendía por qué se estaba comportando de una manera tan desenfrenada, tan arrebatada. Lo único que sabía era que le gustaba que Marco la abrazara de aquel modo, y que no quería que la soltara, porque, cuando lo hiciera, sabía que empezaría a hacerse preguntas.

–Pero creo que hemos sobrevivido –dijo perezosamente.

–Por poco...

Marco nunca había perdido el control de aquel modo; siempre se cuidaba de utilizar protección. Afortunadamente, había sido capaz de retirarse en el último momento.

Esperaba que fuera suficiente.

Tenía que ser suficiente, se dijo, enfadado consigo mismo.

–¿Estás bien? –preguntó Isobel al ver que la expresión de Marco había cambiado.

–Hemos jugado con fuego, *cara*...

Isobel entendió de inmediato a qué se refería... y se quedó asombrada, porque hasta aquel momento no se había detenido a pensar en ello.

–¿En qué estaba pensando? –murmuró, asustada.

Marco sonrió.

–En lo mismo que yo, probablemente. Sólo en el placer.

Horrorizada por su irresponsable comportamiento, Isobel se apartó de él y empezó a subirse el vestido.

Marco apoyó una mano bajo su barbilla.

—Lo que acaba de suceder entre nosotros ha sido increíble... y ninguno de los dos estábamos pensando con claridad. No te culpes por ello, *cara*. Además, he conseguido retirarme a tiempo, así que no creo que vaya a haber ningún problema —añadió antes de volver a tomarla en sus brazos para besarla.

Cuando la soltó, el corazón de Isobel volvía a latir con fuerza. Había algo en la forma que tenía Marco de acariciarla que conseguía excitarla con tanta rapidez...

Apartó la mirada para que no supiera cómo la estaba afectando... ¡de nuevo!

—Tal vez debería ir a tomar una ducha, o un baño, o algo...

Marco sonrió.

—Estás en tu casa. El baño está al final del pasillo, a la derecha.

Debería haber tenido más cuidado con ella, se dijo Marco mientras veía cómo se alejaba. Cuando la puerta se cerró tras Isobel, fue hasta la ventana.

¿En qué diablos había estado pensando? Desde su divorcio se había cuidado de mantener la distancia emocional con las mujeres con las que salía. No quería una relación profunda... ¡lo que hacía que el riesgo que acababa de correr con Isobel resultara completamente inaceptable!

Fuera, la lluvia seguía cayendo con fuerza sobre las baldosas del patio.

De pronto, Marco se encontró recordando un día en California en el que hizo un tiempo parecido a aquel. El día en que Lucinda perdió a su bebé.

Se pasó una mano por el pelo a la vez que trataba de

bloquear aquel recuerdo. Habían deseado tanto a aquel niño... Nunca se había sentido tan impotente, tan desdichado.

Pero aquello había acabado. Lucy había dejado el pasado atrás y había seguido adelante con su vida, como él. Para él, la vida giraba ahora en torno al trabajo, con el interludio ocasional de alguna mujer, y eso era todo lo que quería.

Se apartó de la ventana y, al ver las cartas que habían caído al suelo desde el escritorio, recordó cuánto había deseado a Isobel... cuánto la había necesitado.

Frunció el ceño y fue a recoger los sobres.

Isobel era una periodista, se recordó, de manera que entre ellos sólo podría haber una aventura pasajera.

Pero no podía negar que había algo diferente en aquella aventura, algo que le hacía desear a Isobel de nuevo sólo con pensar en ella. Pero era lógico que le costara más eliminar de su sistema a unas mujeres que a otras. Eso era todo.

Capítulo 9

ISOBEL se quitó el vestido y se metió bajo el agua de la ducha. ¿No acababa de jurarse aquella misma mañana que aquello no iba a volver a suceder? ¿Qué le pasaba? ¿Por qué era tan débil?

Ni siquiera había sido capaz de pensar en tomar medidas anticonceptivas ¿Cómo podía haber cambiado tanto en tan poco tiempo?

Marco era la antítesis de lo que quería en un hombre. Sabía que aquella relación no podía llegar a ninguna parte, que cuando regresara a Londres no volvería a verlo... Sin embargo, cuando la tocaba, cuando la miraba de determinada manera, nada de aquello parecía importar. Seguía deseándolo.

Salió de la ducha, se envolvió en una toalla y fue a utilizar el secador que había junto al tocador.

Pasaron unos momentos antes de que se diera cuenta de que no estaba sola. Marco se hallaba a sus espaldas, en el umbral de la puerta, observándola.

–Te he preparado un café –dijo, y se acercó a dejar una taza en el tocador.

–Gracias –cuando vio que Marco no parecían tener intenciones de irse, el corazón de Isobel latió más rápido. Se había quitado el traje y se había puesto unos vaqueros y una camiseta blanca. Nunca lo había visto vestido de modo tan informal, y tuvo que reconocer que le sentaba muy bien.

–El traje estaba un poco mojado –comentó al ver que Isobel lo estaba observando.

–A mi vestido le ha pasado lo mismo.

–Tienes muy buen aspecto con esa toalla –murmuró Marco roncamente.

Isobel trató de no mostrar su timidez cuando la miró de arriba abajo. A fin de cuentas, ya la había visto completamente desnuda. Y no se había limitado precisamente a mirarla...

–¿Sigue lloviendo? –preguntó, por hablar de algo.

–Sí –contestó Marco lacónicamente, sin apartar la mirada de ella–. He dado la noche libre al chófer. He pensado que podíamos quedarnos aquí.

Isobel trató de ser razonable e ignorar la sensación de anticipación que se adueñó de ella.

–¿Crees que es buena idea...? Tal vez deberíamos hacer un esfuerzo por volver a la realidad. Debería centrarme en mi artículo y...

–Y no dejas de distraerte –concluyó Marco por ella con una sonrisa.

–Sí.

–Si hace que te sientas mejor, yo también tengo un montón de papeleo retrasado, y también me siento distraído –Marco volvió a contemplar las curvas del cuerpo de Isobel, tan provocadoramente ocultas bajo la toalla.

–Eso no hace que me sienta mucho mejor –susurró ella.

–En ese caso, veamos si puedo lograr que te sientas mejor –Marco alargó una mano y deslizó un dedo por el borde de la toalla. A continuación, tiró de ésta, que cayó al suelo en torno a los pies de Isobel.

Una noche más no podía hacer ningún daño, se dijo mientras la tomaba entre sus brazos.

Cuando Isobel despertó se encontró entre los brazos de Marco. Le encantaba estar así, pensó, adormecida. Volvió el rostro para mirarlo. Tenía los ojos cerrados y los rasgos de su atractivo rostro parecían totalmente relajados. Detuvo la mirada en la sensual línea de sus labios, en su fuerte mandíbula, en la negra espesura de su pelo. Ningún hombre tenía derecho a tener tan buen aspecto, ni a ser tan bueno en la cama, pensó.

La noche anterior había sido increíble.

Le habría gustado acariciar su piel, pero podría despertarlo, y si lo despertaba descubriría que el sol ya estaba saliendo sobre la ciudad. Y, una vez que descubriera aquello, ya no seguirían juntos en el apartamento. Lo más probable sería que quisiera volver a trabajar. Probablemente le daría algunos datos para su artículo y haría que la llevaran al aeropuerto antes del anochecer.

Frunció el ceño, enfadada consigo misma por sentirse tan desanimada. Debía conseguir su entrevista y marcharse sin esperar nada más. Según la prensa, desde su divorcio Marco no había mantenido ninguna relación de más de dos días. Y aquello no era una relación... Ella no era su tipo... No sabía qué era. Su antiguo y razonable yo habría dicho que era una especie de locura... y, probablemente, habría tenido razón. Pero en aquellos momentos no quería reconocerlo.

Marco abrió los ojos de repente y la pilló mirándolo. Isobel se ruborizó.

–Buenos días, dormilona.

–Tú eres el dormilón. Llevo mucho tiempo despierta, pero no quería despertarte apartándome de ti.

–Ah, ¿sí? Entonces, ¿qué hacías roncando hace diez minutos?

–¡No estaba roncando! –protestó Isobel, consternada–. ¡Yo no ronco!

–¿Cómo lo sabes si nunca te habías acostado con nadie? –Marco rió mientras giraba para sujetar a Isobel contra el colchón. La tenía sujeta por las manos y le hizo colocarlas sobre la almohada, tras la cabeza. Isobel se retorció un poco para liberarse, pero él no la soltó.

Por un momento se limitó a mirarla, incapaz de creer lo preciosa que estaba con el pelo extendido sobre las almohadas en torno a su cabeza, la piel ligeramente enrojecida debido a sus caricias y los labios ligeramente hinchados por sus besos.

De pronto, Marco frunció el ceño.

–¿Cómo es posible que no te hayas acostado nunca con nadie... siendo tan deliciosamente buena en la cama?

Aquella pregunta incomodó profundamente a Isobel. No quería hablar de su vida sexual, o de su carencia de ella.

–No perdamos el tiempo hablando de mi pasado, Marco.

–¿Por qué no?

–Porque ya te he dicho que no es nada interesante –Isobel trató de apartar la mirada, pero Marco le mordisqueó el cuello, haciéndole reír.

–Vamos... Ya que he sido yo el que te ha introducido en este... deporte, ¿por qué no me cuentas la verdad?

–¿Deporte? ¿Es así como lo ves? –Isobel lo miró a los ojos y vio en ellos un destello de emoción que no supo definir.

–Puede que desde mi divorcio no me lo haya tomado tan seriamente como debiera...

–¿Porque has estado disgustado?

Marco dudó.

–Sí... supongo que algo así –a continuación añadió algo en italiano, e Isobel habría dado cualquier cosa por entenderlo.

–No sé qué estás diciendo.

Marco pareció a punto de explicarse, pero su expresión se volvió repentinamente impenetrable.

–Me alegro, porque no es importante –dijo en tono forzadamente despreocupado.

Isobel no lo creyó... porque había comprendido la mirada de desolación que había atisbado por un momento en sus ojos.

–Marco, yo...

–Lo que importa en estos momentos eres tú –Marco soltó las manos de Isobel y deslizó un dedo con infinita delicadeza por su ceño–. No creo que sea un secreto que me gusta hacer el amor; no hay duda de que es uno de los grandes placeres de la vida. Pero estaba preguntando sobre ti... y sobre cómo ves las cosas –concluyó con firmeza.

Isobel sintió una punzada de rabia contra sí misma por desearlo tanto, por querer meterse bajo su piel y saber exactamente lo que estaba sintiendo. A pesar de saber que era un mujeriego y un rompecorazones, quería confiar en él.

–Estamos hablando de ti, Izzy –insistió él.

–Te aseguro que no hay nada místico en mi falta de experiencia. Simplemente, nunca había llegado a practicar ese... deporte en particular –Isobel esperaba que Marco dejara el tema, pero la estaba mirando como si su respuesta lo hubiera dejado totalmente fascinado–. Fueron las circunstancias –murmuró, impotente–. Mi madre estuvo mucho tiempo enferma tras la ruptura de su matrimonio y luego mantuvo una serie de relaciones desastrosas...

–Y alguien tenía que ser el razonable en la familia, ¿no?

Isobel se encogió de hombros.

–En cuanto fui lo suficientemente mayor conseguí un trabajo por las tardes para poder seguir estudiando. Como ya he dicho, fueron las circunstancias...

–Entonces conociste a alguien y te comprometiste, ¿no?

–Fue un gran error –Isobel se apartó de Marco y se sentó en el borde de la cama–. Conocía a Rob en un momento de mi vida en que me sentía muy sola. Nunca fue una relación apasionada. De hecho, creo que lo consideraba más un amigo que otra cosa, y yo estaba ocupada con mi carrera.

Cuando sugirió que nos casáramos y me dijo que no le importaba esperar para consumar nuestra relación me pareció... romántico. Pero una tarde me presenté en su apartamento y lo encontré ocupado con otra mujer. Sólo llevábamos una semana comprometidos. Fui muy tonta...

–El tal Rob debía ser un idiota –dijo Marco con brusquedad.

–Gracias, pero creo que la idiota fui yo por aceptar casarme con él –Isobel tomó la camisa de Marco del respaldo de una silla que estaba junto a la cama y se la puso–. Pero deberíamos estar hablando de ti, no de mí –añadió a la vez que se volvía a mirarlo.

–Tal vez, pero, digas lo que digas, tú eres mucho más interesante... sobre todo con mi camisa puesta.

Tratando de ignorar el cosquilleo que recorrió su cuerpo cuando vio el sugerente brillo de la mirada de Marco, Isobel se levantó y fue a mirar por la ventana.

–¿Qué tal día hace? –preguntó él.

–Perfecto –murmuró Isobel–. Es como si la tormenta hubiera limpiado el ambiente. Todo parece nuevo y brillante –se volvió a mirar a Marco y no pudo evitar fijarse en lo vital, atractivo y extremadamente masculino que parecía–. Voy a la cocina a ver si mi vestido se ha secado. ¿Quieres un café o alguna otra cosa? –cuando, camino de la puerta, fue a pasar junto a Marco, éste la tomó del brazo y la atrajo hacia sí.

–Lo que quiero es un beso de buenos días... –murmuró, antes de besarla en los labios.

Isobel le devolvió el beso. No pudo evitarlo.

–Eso está mejor... –Marco soltó a Isobel y se miraron un momento a los ojos–. Y ahora, te sugiero que te vistas para que podamos salir a desayunar y a disfrutar de este maravilloso día. ¿Te parece buena idea?

–Sí, me lo parece –contestó Isobel con suavidad.

Había un bonito deportivo rojo esperando ante la entrada cuando salieron de las oficinas. Isobel ya empezaba a acostumbrarse al tren de vida que llevaba Marco, de manera que no se sorprendió demasiado.

–He pensado que podemos desayunar en algún lugar de la costa para disfrutar de las vistas –dijo Marco cuando ya se alejaban–. Luego iremos a St. Tropez.

–Parece un buen plan –comentó Isobel alegremente–. ¿A qué hora tienes que estar de vuelta?

–No tengo que estar de vuelta –Marco sonrió–. No tiene sentido ser el jefe si no puedes tomarte un día libre cuando quieres.

–Creía que tenías que ocuparte de un montón de papeles...

–Y así es. Pero pueden esperar. Cerrar el trato con Cheri Bon me ha liberado un poco.

Marco estaba mintiendo. Lo cierto era que, mientras Isobel se duchaba, él había llamado a su secretaria para que pospusiera la reunión que tenía aquella mañana con sus directores. Aún no lograba entender por qué. Hacía tiempo que no dejaba el trabajo en segundo plano para poder pasar el rato con una mujer.

—Creo que llamaré para que el yate venga a recogernos en algún punto cercano a Cannes. Así podremos navegar hasta St. Tropez, o, si prefieres, podemos ir a las islas Lérins.

—Me pongo en tus manos... —Isobel se ruborizó al darse cuenta de lo que acababa de decir—. Ya sabes a qué me refiero.

Marco sonrió.

—Sé a qué te refieres. Y ahora, ¿qué te parece si nos limitamos a disfrutar del día?

Isobel pensó que era asombroso que un minuto pudiera sentirse tan tensa cerca de Marco y al siguiente tan relajada. Era como estar en una montaña rusa. Pero lo mejor que podía hacer era dejarse llevar, se dijo mientras contemplaba las espectaculares vistas de la Costa Azul.

Cuando llegaron a Cannes se fijó en los enormes carteles que había por todos lados anunciando el famoso festival de cine de la ciudad.

—Había olvidado que estaban en pleno festival. Supongo que el lugar estará abarrotado de famosos.

Marco asintió a la vez que señalaba con la cabeza un edificio que había a su izquierda.

—Ese es el lugar en que se desarrolla el festival.

Isobel se fijó en las amplias escaleras alfombradas de rojo donde eran retratados todos los famosos. De pronto recordó que allí habían fotografiado a Marco y Lucinda. Marco vestía esmoquin y Lucinda un vestido blanco largo. Todo el mundo comentó lo atractiva que resultaba la pareja.

Probablemente debería interrogar a Marco al respecto, pero no quería romper el relajado ambiente del día. ¿O había otro motivo para que no quisiera hacerlo? ¿Acaso le asustaba la posibilidad de averiguar que Marco seguía enamorado de su exmujer? Porque empezaba a sospechar que le estaba ocultando algo parecido...

Si no tenía cuidado, corría el peligro de hundirse tanto profesional como personalmente, se dijo, furiosa. Le daba lo mismo que Marco siguiera enamorado de Lucinda, porque su aventura con él iba a durar como mucho dos días. Necesitaba conseguir su artículo. Necesitaba tener algo palpable cuando terminara su aventura.

—Te has quedado muy callada —Marco la miró de reojo mientras seguía conduciendo.

Isobel se encogió de hombros.

—Estaba recordando que Lucinda y tú asististeis al festival hace unos años.

—Sí, Lucy actuaba en una película que fue nominada. Pero eso fue hace mucho —Marco recordó lo felices que fueron allí haciendo planes para el futuro. Lucinda acababa de averiguar que estaba embarazada.

Isobel se volvió a mirarlo y captó la momentánea sombra que cruzó su expresión, como si acabara de recordar algo realmente doloroso. Estuvo a punto de preguntar qué había pasado, pero no se animó a hacerlo. No era el momento adecuado, se dijo con firmeza.

Marco esperaba que Isobel siguiera haciéndole preguntas, pero se sorprendió al ver que guardaba silencio. Frunció el ceño. No lograba entenderla; justo cuando pensaba que volvía a ser la periodista de siempre se transformaba en la vulnerable mujer que tanto lo intrigaba.

–Hay un restaurante con magníficas vistas a pocos kilómetros de aquí. ¿Qué te parece si paramos a desayunar? –sugirió en tono despreocupado.

Isobel asintió.

–Habrá montones de paparazis en la ciudad debido al festival, así que supongo que es buena idea alejarse.

–Tienes mucha razón –dijo Marco, sonriente.

Isobel se arrellanó contra el respaldo del asiento. No estaba perdiendo de vista la realidad, se dijo. Más tarde haría todas las preguntas que necesitaba hacer. ¿Por qué estropear el día? ¿Por qué no disfrutar de aquellos momentos con un hombre tan atractivo?

La Corniche d'Or era una de las carreteras más espectaculares por las que había viajado. Los impresionantes acantilados de color dorado rojizo contrastaban intensamente con el azul del mar y del cielo, y la carretera cimbreaba por ellos, ofreciendo en cada curva maravillosas vistas de su caída hacia el mar.

Un rato después se detuvieron a desayunar en el restaurante que había mencionado Marco.

–Me siento como si estuviéramos de vacaciones –dijo Isobel mientras disfrutaba de un café con leche y unos deliciosas cruasanes recién hechos.

Marco sonrió.

–¿Y por qué no nos tomamos unas vacaciones? –sugirió de pronto–. Podemos bordear la costa en el yate durante unos días... haciendo el amor cuando nos apetezca, comiendo y bebiendo, dedicándonos a hacer lo que nos venga en gana.

La sugerencia hizo que Isobel experimentara un agradable cosquilleo por todo el cuerpo.

–¿Y el trabajo?

–¿Qué pasa con el trabajo? –replicó Marco con un travieso brillo en la mirada–. Tengo una reunión en Nueva York dentro de tres días; el trabajo puede esperar hasta entonces.

–¿Y qué le digo a mi editora? Porque no va a tardar en pedirme resultados...

–Apaga tu móvil –dijo Marco con una sonrisa–. O dile que las cosas se han complicado y que necesitas más tiempo.

Capítulo 10

EL SOL caía de lleno sobre la cubierta del yate y la temperatura alcanzaba los treinta y seis grados. Isobel contempló St. Tropez desde la barandilla de la embarcación. La ciudad destellaba bajo la luz del sol, y sus tejados de terracota y campanarios parecían extraídos de una pintura impresionista.

Isobel trató de almacenar aquella imagen en su memoria. Estaba recopilando un montón de recuerdos perfectos, pensó con una sonrisa. Porque aquellos últimos días con Marco habían sido literalmente idílicos.

El primer día navegaron por la costa hasta Juan-les-Pins, donde comieron antes de dar un paseo y contemplar los escaparates de las boutiques más exclusivas.

Más tarde, cuando regresaron al yate, Isobel encontró en el dormitorio toda la ropa y los bañadores que había admirado en los escaparates. Al principio no quiso aceptar el regalo, pero Marco insistió en que necesitaba un vestuario de vacaciones y, dado que no tenía nada que ponerse, acabó accediendo.

Por primera vez en su vida, Isobel se estaba sintiendo deseable y glamurosa, y no sólo por la ropa que le había comprado Marco, sino por cómo le estaba haciendo sentirse. La trataba como si fuera alguien especial para él; bebieron y comieron bajo las estrellas, visitaron la isla de St. Honorat y pasearon por campos de amapolas y olivos, hicieron el amor en la cubierta del barco, bajo los rayos del sol, a la luz de la luna...

Habían sido los tres días más perfectos de su vida, y no quería que terminaran, pero sabía que debían terminar. Marco tenía que volar al día siguiente a Nueva York. En aquellos momentos estaba en su oficina, haciendo su primera llamada de trabajo después de aquellos tres días de vacaciones. Y ella iba a tener que abordar el asunto de la entrevista durante la cena.

Había llegado a conocer a Marco durante aquellos días, y ya podía escribir sobre su meteórica carrera hacia la cima del mundo de los negocios, sobre su irónico sentido del humor, sobre su pasado de pobreza en Nápoles y el orgullo que lo impulsó a labrarse un futuro por sí mismo, sin contar con el apoyo de la familia de su madre.

Pero aún desconocía cuál había sido el verdadero motivo de su divorcio. Lo único que sabía era que Marco parecía entristecerse cada vez que se mencionaba el nombre de Lucinda.

Isobel notó que estaban levando el ancla y un segundo después vio que se izaban las velas. De pronto deseó que Marco estuviera a su lado, que la rodeara con un brazo por los hombros y le dijera que no se preocupara, que aquello no era el comienzo del fin.

Pero Marco no estaba allí y ella sabía cuál era la verdadera situación.

Aquello era el fin.

Cuando Marco subió a cubierta un rato después encontró a Isobel en la proa del barco, contemplando la estela que dejaba en el mar. Parecía perdida en sus pensamientos, y aprovechó la circunstancia para contemplarla. El largo vestido verde que llevaba era muy sexy; su bajo escote trasero dejaba ver el tono color miel de su piel y su larga y recta espina dorsal. Llevaba el pelo sujeto en lo alto de la cabeza y algunos mechones caían sueltos sobre sus hombros.

A lo largo de aquellos días había visto cómo se transformaba en una sofisticada y bella mujer. Cada vez que la miraba tenía que recordarse que era la misma periodista a la que tanto despreciara sólo unos pocos días antes.

Isobel se volvió a mirarlo cuando avanzó hacia ella.

—Pensaba que te habías perdido en la oficina —dijo con una sonrisa.

—Tenía un montón de correos y llamadas retrasadas que atender.

—Yo aún no me he atrevido a encender mi móvil.

Marco notó que Isobel trató de sonreír de nuevo, pero no pudo ocultar la expresión de tristeza de sus ojos.

—Nada de lamentaciones, ¿de acuerdo? —dijo con delicadeza a la vez que la tomaba por la barbilla para poder mirarla a los ojos.

—Nada de lamentaciones —repitió ella con voz ronca—. He disfrutado haciendo novillos contigo...

—Y yo contigo —Marco se inclinó para darle un beso largo, apasionado, que hizo que Isobel se derritiera de deseo—. Desafortunadamente, voy a tener que adelantar mi viaje a Nueva York debido a un problema. Por eso estamos navegando hacia mi villa.

—Comprendo... —a pesar del calor reinante, Isobel experimentó un repentino escalofrío.

—Pero aún tenemos unas horas. No tengo que irme hasta media noche.

—Eso está... muy bien —Isobel tuvo que esforzarse para que no le temblara la voz.

—Te he comprado un regalo —dijo Marco a la vez que

le ofrecía con un elegante ademán una cajita alargada que sostenía en la mano.

Isobel abrió la cajita con manos temblorosas y se quedó boquiabierta al ver el collar de esmeraldas y diamantes que había en su interior.

—Es precioso, Marco... pero no puedo aceptarlo.

—Claro que puedes.

—Ya me has comprado suficientes cosas. Voy a irme de Francia con una maleta grande cuando sólo vine con una bolsa de viaje.

—¿Y cuál es el problema?

—El problema es que es demasiado.

—Tonterías. Es sólo una chuchería, un detalle que representa lo mucho que valoro los días que hemos pasado juntos –Marco tomó la cajita y sacó el collar para ponérselo a Isobel–. Ya está... perfecto –dio un pasó atrás para admirar la joya–. Pensaba que las piedras irían a juego con tus ojos, y así es –sonrió–. Tienes los ojos verdes más increíbles que he visto.

—Y tú utilizas las frases más encantadoras para ligar –replicó Isobel y Marco rió.

—Eso es lo que más me gusta de ti Izzy. Siempre tratas de ser tan razonable...

Pero no siempre con éxito, pensó Isobel. De hecho, a veces se sentía monumentalmente estúpida... porque en aquel mismo momento empezaba a creer que se estaba enamorando de Marco, algo que no sería nada razonable.

Aquel pensamiento hizo que su corazón latiera más rápido a causa del miedo, y descartó de inmediato la idea. ¡No era tan estúpida! Aquello no había sido más que una aventura para Marco.

—Ya que hablamos de ser razonables, aún tengo algunos cabos sueltos que atar para mi artículo –dijo, esforzándose en sonar realmente profesional.

–No debemos dejar cabos sueltos –replicó Marco con el travieso brillo en la mirada que Isobel había llegado a conocer tan bien.

–Lo digo en serio.

–Y yo también –Marco rodeó la cintura de Isobel con los brazos y la atrajo hacia sí–. Y será mejor que nos ocupemos de esos cabos sueltos... pero más tarde.

–Marco... –Isobel trató de ser fuerte, pero, como de costumbre, no pudo resistirse a las caricias de Marco.

–¿Sabes lo que me gustaría? –murmuró él junto a su oído–. Me encantaría verte vestida tan sólo con el collar.

Cuando Isobel despertó estaba entre los brazos de Marco y la cabina estaba sumida en la penumbra.

Se preguntó qué hora sería y experimentó una oleada de pánico al recordar que Marco se iba esa noche. ¡No podía creer que se hubiera quedado dormida cuando les quedaba tan poco tiempo para estar juntos! Pero su pasión había sido tan intensa, su forma de hacer el amor tan frenética...

–¿Marco? ¿Estás despierto? –preguntó a la vez que se erguía para mirar el reloj.

–Sí... relájate –Marco la atrajo hacía sí y le besó la frente.

–¿Qué hora es?

–Es hora de levantarme. Estaba intentando acumular la suficiente energía y voluntad para separarme de ti.

Isobel apenas se atrevió a creer aquellas palabras.

–¿En serio?

–Sí –Marco giró sobre sí mismo hasta quedar sobre ella–. Ha sucedido algo realmente extraño durante estos dos días. Creo que me has embrujado con algún tipo de vudú periodístico, porque no consigo cansarme de ti.

Isobel sonrió.

–Los periodistas no utilizamos el vudú.

–Claro que sí. También hablan con lengua torcida –Marco la besó en los labios–. Pero... qué lengua... y qué vudú...

–¿Y por qué no te quedas a degustarme un poco más? –Isobel apenas pudo creer que hubiera dicho aquello. Quiso hacer alguna broma y retirar la sugerencia, pero, cuando sus miradas se encontraron, supo que ya era demasiado tarde, de manera que respiró profundamente y continuó–. Sólo ha sido una idea pasajera... pero siempre podrías perder tu vuelo y pasar una noche conmigo.

–No puedo, *cara*. Tengo un importante acuerdo que firmar.

–Claro... por supuesto –Isobel sintió cómo se ruborizaba a causa de la humillación. No debería haber hecho aquella sugerencia–. Tienes razón; ya hemos hecho suficientes novillos. Yo tengo que volver a Londres.

Marco se preguntó si estaría haciendo lo correcto. Isobel era realmente tentadora, y le habría encantado disfrutar de una noche más con ella... pero tenía que llegar a Nueva York lo antes posible. Además, lo mejor sería dar la aventura por zanjada, porque en el corto espacio de tiempo que había estado con ella había empezado a volverse adictiva... y eso nunca era bueno. Se conocía a sí mismo lo suficiente como para saber que aquello no funcionaría.

Mirando los oscuros ojos verdes de Isobel recordó lo nuevo que era para ella todo aquello. Lo último que quería era hacerle daño.

–Ya sabías que no podía hacerte ninguna promesa, Izzy...

—Te aseguro que no quiero ninguna promesa —Isobel se apartó de Marco, sintiendo que su humillación crecía—. Sólo estaba disfrutando de estar de vacaciones... nada más —añadió mientras se ponía una camiseta—. ¿Tenemos tiempo para tomar un café? No sé a ti, pero a mí me vendría de maravilla.

—Me parece buena idea —Marco habría querido volver a estrecharla entre sus brazos, pero se obligó a salir de la cama—. Voy a darme una ducha. Nos vemos luego en cubierta.

Fue un alivio salir de la cabina y respirar profundamente el aire nocturno. ¿Qué le sucedía?, se preguntó Isobel, irritada consigo misma. Sabía lo que había, de manera que, ¿por qué estaba haciendo la tontería de desear más?

Marco nunca iba a ir en serio con ella. Le gustaban las modelos y las actrices, y detestaba a los periodistas, aunque lo cierto era que ella apenas había pensado en la entrevista durante aquellos días, y suponía que Marco se habría dado cuenta de ello. Pero, se hubiera dado cuenta o no, daba igual. Cuando volviera a Londres sin su artículo, probablemente se quedaría sin trabajo. Y eso era lo que debería preocuparle de verdad.

No parecía haber nadie más en el velero; estaban anclados ante la villa de Marco y daba la sensación de que toda la tripulación se había ido, de manera que se ocupó ella misma de preparar el café y subirlo a cubierta.

Marco apareció unos minutos después, vestido con un traje oscuro y camisa azul. Estaba tan atractivo que Isobel tuvo que apartar la mirada.

—Supongo que en realidad no tienes tiempo ni para un café, ¿no? —dijo al ver de reojo que miraba su reloj.

—Tengo que irme pronto —Marco tomó un sorbo de su café y dejó la taza en la mesa—. Un miembro de la tripulación recogerá tu ropa y la llevará a la casa. Creo que será mejor que duermas ahí esta noche.

–De acuerdo –Isobel se encogió de hombros; en realidad le daba igual dónde iba a pasar la noche–. Por la mañana me ocuparé de conseguir un billete de vuelta.

–Ya me he ocupado de eso. Mi chófer pasará a recogerte a las diez.

–Has pensado en todo.

En todo excepto en lo difícil que iba a ser dejarla, pensó Marco de repente. Volvió a mirar su reloj.

–Ven... acompáñame a casa, *cara* –tomó a Isobel de la mano y ella quiso soltarse, decirle que no la tocara, pero no fue capaz de hacerlo.

–He dejado unas fotos para ti en el cajón superior de mi cómoda –dijo Marco mientras caminaban–. Puede que te ayuden con tu artículo.

–¿De qué son? –preguntó Isobel con curiosidad.

–Hay algunas tomas en las que aparecemos Lucy y yo en el Caribe. Logramos escapar de la prensa, así que nadie las ha visto hasta ahora. También hay algunas fotos de la boda de mis padres –Marco se detuvo un momento y miró a Isobel–. Por si tenías alguna duda, quiero que sepas que amaba mucho a Lucy.

–Lo suponía –Isobel se encogió de hombros antes de añadir–: ¿Y no has podido perdonarla?

–¿Perdonarla por qué?

–Por... –Isobel se interrumpió y miró a Marco, pero estaban a la sombra de unos árboles y no pudo ver su expresión–. Había supuesto que fue ella la que tuvo una aventura... Es actriz, y...

–Y de ello se deduce que fue ella la infiel, ¿no? –interrumpió Marco, irritado–. Todos los periodistas sois iguales. Os dedicáis a sacar conclusiones sin tener la información necesaria...

–¡No merezco que me digas eso, Marco! –espetó Isobel–. ¡Me he esforzado para no juzgarte, para no hacerte preguntas dolorosas y no entrometerme! ¿Es eso lo que piensas de mí? ¿Tan sólo soy una periodista más?

Al ver que Marco no decía nada, Isobel se volvió y subió rápidamente las escaleras. Marco la sujetó por el brazo cuando ya estaba ante la puerta de la casa.

–No es eso lo que pienso de ti –dijo con firmeza.

–¿En serio? Porque no has contestado a una sola de mis preguntas sobre tu matrimonio y no te he presionado en lo más mínimo.

–No habría supuesto ninguna diferencia que lo hubieras hecho –dijo Marco con suavidad–. No tenía intención de contarte nada sobre mi matrimonio. Al principio porque eras una periodista, y luego... porque lo estábamos pasando demasiado bien y porque por fin he sentido que empezaba a desconectarme de mi pasado, algo que me cuesta verdaderos esfuerzos.

–¿Qué pasó? –murmuró Isobel.

Marco permaneció unos momentos en silencio antes de hablar.

–Lucy estaba embarazada de ocho meses cuando perdimos nuestro bebé.

–¡Oh, Marco! Cuánto lo siento... –dijo Isobel, horrorizada–. ¿Por qué no me lo habías dicho? Pensaba que...

–Como todo el mundo, pensabas que nuestra ruptura tuvo que ver con un problema de infidelidad –interrumpió Marco con aspereza–. Pero no es imprescindible la infidelidad para que un matrimonio se rompa. La causa de nuestro divorcio fue la pérdida del bebé y nuestra incapacidad para enfrentarnos a la situación.

–Lo siento, Marco. No tenía ni idea. No corrió el

más mínimo rumor de que estuvierais esperando un hijo.

—Ambos nos esforzamos mucho por mantener nuestra intimidad. A Lucy le habían ofrecido un papel importante en una película y no quería que ninguna publicidad adversa se lo estropeara, de manera que quiso esperar a tener el contrato firmado antes de dar la noticia. Al principio logró ocultar el embarazo sin dificultad y luego se volvió muy hogareña. Creo que incluso se replanteó si aceptar o no el trabajo.

—¿Y qué pasó? —preguntó Isobel al ver que Marco se quedaba callado.

—Sufrimos un accidente de coche. Llovía e íbamos haciendo planes para el futuro cuando, de pronto, tuve que dar un volantazo para no chocar contra un coche que había invadido nuestro carril. Lo extraño es que resultamos ilesos... o eso creímos. Yo insistí en llevar a Lucy a la clínica de nuestro seguro. Al principio pensaron que todo iba bien, y de pronto Lucy se puso de parto. Nuestro hijo nació muerto tres horas después. Era un bebé precioso, Isobel, y parecía tan perfecto...

Isobel sintió un escalofrío al ver la desolada expresión de Marco.

—Es terrible, Marco... No hay palabras para expresar...

—Las palabras no ayudan, Izzy... Te lo aseguro. Nada ayuda. Porque siempre me sentiré culpable... siempre.

—¿Por qué dices eso? —preguntó Isobel con el ceño fruncido—. ¡No fue culpa tuya!

—¿Y cómo lo sabes? Era yo el que conducía...

—¡No puedes pensar de ese modo, Marco! Tan sólo fue uno de los crueles giros del destino.

Marco negó con la cabeza.

—Eso nunca llegaremos a saberlo realmente. Lo único

que sé con certeza es que ése fue el detonante de nuestro divorcio. Y yo podría haber llevado las cosas mejor. Ambos nos quedamos destrozados y sólo encontramos consuelo sumergiéndonos obsesivamente en nuestro trabajo. Las cosas se fueron desmoronando rápidamente después de eso. Pero no hubo infidelidades, Izzy. A veces preferiría que hubiera sido así, porque todo habría resultado más fácil. Al menos podríamos habernos odiado mutuamente...

–Pero sigues amándola, ¿no?

Isobel no supo si Marco había escuchado su pregunta o si no quiso responderla, porque en aquel momento de detuvo la limusina tras ellos.

–Tengo que irme al aeropuerto.

Isobel frunció el ceño.

–¿Es esta la primera vez que has hablado sobre esto con alguien? –preguntó.

–Sí... y precisamente he elegido como interlocutora a una periodista –Marco alzó una ceja con expresión irónica–. La vida tiene unas curvas realmente inesperadas, ¿no te parece?

–Ya sabes que no diré nada –susurró Isobel, insegura.

–Estoy en tus manos –Marco se encogió de hombros–. Lo cierto es que me da igual lo que escribas, Izzy... mientras no perjudiques a Lucy con ello, ¿de acuerdo?

–No hace falta que me lo digas.

Por unos instantes, ninguno de los dos se movió. Permanecieron mirándose a los ojos.

–Eres una persona muy especial, *cara* –Marco alzó una mano y acarició con delicadeza la mejilla de Isobel–. Y si tenía que contarle a alguien lo de mi matrimonio, me alegra que haya sido a ti –a continuación se volvió y entró en la limusina, que unos segundos después se alejó de la casa.

Isobel permaneció donde estaba hasta que las luces traseras del coche se perdieron en la oscuridad.

Capítulo 11

¿CÓMO es realmente Marco Lombardi?

Isobel empezaba a arrepentirse de haber acudido a la oficina aquella mañana. Si le hubieran dado un euro cada vez que le habían hecho aquella pregunta, sería millonaria.

—Es un hombre encantador, Joyce —contestó escuetamente.

—Lo imaginaba. Me ha encantado tu artículo sobre él. Parece una auténtica buena persona. ¿Quién podría haber imaginado que era el benefactor secreto de tantas organizaciones benéficas? También parece que lo ha pasado realmente mal con su divorcio... Y es guapísimo, por supuesto; tuviste suerte de conocerlo.

Joyce se fue antes de que Isobel tuviera tiempo de comentar aquello. No estaba segura sobre la última observación. A veces lamentaba haber conocido a Marco, porque lo echaba mucho de menos...

Ya habían pasado siete semanas desde que estuvo con él. Desde entonces no había tenido noticias tuyas, y tampoco las esperaba... ni las quería, se recordó con firmeza, porque aquello sólo había sido una aventura, y lo mejor que podía hacer era olvidarla.

Pero resultaba muy difícil olvidar a Marco si todo el mundo se dedicaba a mencionarlo. Había escrito un artículo bastante delicado sobre él, centrándose en sus logros y en el sentimiento de pérdida que le había producido su divorcio. No había mencionado al hijo que había perdido; se había limitado a comentar que la presión del trabajo y la constante intrusión de la prensa habían contribuido a acrecentar los problemas de su relación. Y también había hablado de sus duros comienzos en Nápoles.

Todo el mundo se había quedado fascinado con aquella imagen de Marco, y la venta del periódico de aquel fin de semana había supuesto tal éxito que su editora quería que escribiera otro artículo.

—Llámalo para si ver si podemos hacer otro artículo estilo «en el hogar de Marco» —había sugerido aquella mañana—. Seguro que en esta ocasión permitirá que te acompañe un fotógrafo del periódico.

—No le gusta la prensa —insistió Isobel—. Sólo nos concedió la primera entrevista para zanjar todas las especulaciones que había sobre él.

Su editora no había querido saber nada al respecto y la había convocado en su despacho para hablar de nuevo sobre aquel asunto. Pero Isobel no estaba dispuesta a ponerse de nuevo en contacto con Marco y sugirió utilizar la información que ya tenía para escribir sobre su casa, su yate o sus viajes. Finalmente no acordaron nada y decidieron volver a reunirse otro día.

Mientras recogía sus cosas para volver a casa, Isobel recordó que no había utilizado las fotos que le facilitó Marco. Podía habérselas ofrecido a su editora para quitarse un poco de presión de encima, pero no se había animado a hacerlo. Además, aquellas fotos le habían hecho preguntarse todo tipo de cosas sobre los sentimientos de Marco por su exesposa.

¿Seguiría amándola?

Pero tenía que olvidar aquel tema. Lo que necesitaba era irse a casa a descansar, porque se sentía muy cansada. Probablemente se debía a que no había dormido bien desde su regreso porque su mente no dejaba de bombardearla con recuerdos de Marco. Pero aquello tenía que acabar, se dijo con firmeza.

Fuera llovía, e Isobel permaneció un momento en el portal preguntándose si debía ir en metro o tomar un taxi.

—Buenos días, Isobel —saludó Elaine, una de las recepcionistas, que había bajado tras ella—. Me ha encantado tu artículo sobre Marco Lombardi. Tengo entendido que ya está de vuelta en Londres, ¿no?

—Creo que sigue en Nueva York —corrigió Isobel rápidamente.

—Yo creo que está de vuelta en Londres. He visto en una revista de cotilleos unas fotos suyas que se tomaron hace unos días en el aeropuerto JFK. En el pie de foto decía que regresaba a Londres para asistir al estreno de una película que protagonizaba su exesposa. ¿No es cierto?

Isobel no había sido tan eficiente como de costumbre con su trabajo y aquella semana no había echado un vistazo a las revistas y periódicos de la competencia.

—Me temo que no sé más que tú al respecto. En realidad, apenas conozco a Marco Lombardi —contestó rápidamente y, tras despedirse, salió del portal.

Fuera llovía y hacía un día más propio del invierno que del verano. Mientras se encaminaba hacia el metro no logró dejar de pensar en que Marco estaba de vuelta en Londres y no la había llamado. No sabía por qué se sentía tan dolida, pero así era. Marco no la había llamado durante su estancia en los Estados Unidos, así que era evidente que no tenía intención de ponerse en contacto con ella.

Para cuando llegó al metro estaba empapada. Como

casi todos los viernes, estaba abarrotado de gente. Normalmente no le importaba viajar en aquellas condiciones pero, por algún motivo, aquellos últimos días se sentía un tanto claustrofóbica. Además, no lograba dejar de pensar en Marco, lo que no ayudaba precisamente a hacerle sentirse mejor.

¿Habría acudido realmente a asistir al estreno de la última película de su exmujer?

En la siguiente parada bajó un montón de gente, pero subieron casi más. Olía intensamente a prendas mojadas y a pelo húmedo, e Isobel empezó a sentirse mareada.

Tal vez debería bajarse en la siguiente parada, pensó frenética. Prefería caminar bajo la lluvia que sentirse así. Pensando en ello, se dio cuenta de que llevaba casi todo el día sintiendo unas ligeras náuseas.

De pronto abrió los ojos de par en par. Lo cierto era que llevaba varios días sintiéndose cansada, mareada y con ganas de llorar.

¿No serían aquellos los síntomas de un embarazo?

Llovía intensamente y Marco apenas podía ver nada a través de las ventanas de la limusina. Estaba aparcado frente a la casa de Isobel y llevaba allí veinte minutos.

¿Dónde se habría metido?, se preguntó mientras miraba su reloj con impaciencia. Cuando había llamado al periódico la recepcionista le había dicho que acababa de salir, y su oficina no estaba tan lejos de su casa.

Estaba preguntándose si volver más tarde cuando vio que Isobel aparecía por la esquina, con la cabeza gacha para protegerse de la lluvia y una bolsa de la compra en la mano.

—Gracias, Henry. Te llamaré cuando te necesite —dijo Marco a su chófer mientras salía del coche.

–Hola, Izzy.

El conocido acento italiano que Isobel escuchó a sus espaldas le hizo volverse, sorprendida.

–¡Marco! Pero... ¿qué haces aquí?

–Mojarme tanto como tú –Marco se fijó en lo pálida que estaba Isobel mientras tomaba la bolsa de la compra que llevaba en la mano–. Creo que será mejor que entremos.

El apartamento de Isobel estaba en la primera planta y, mientras subía las escaleras, se sintió como si estuviera soñando. Sólo se hizo consciente de la realidad cuando Marco se encaminó con la bolsa de la compra hacia la cocina. Vestía una gabardina oscura sobre su traje y estaba tan atractivo como siempre.

–¿Qué haces aquí, Marco? –repitió, tensa.

–Pensaba que era evidente. He venido a verte –Marco observó a Isobel, que se estaba quitando la gabardina que vestía. Había perdido peso y parecía especialmente frágil.

Isobel era consciente de la atenta mirada de Marco, y sintió que su cuerpo se acaloraba. ¿Cómo se atrevía a mirarla como si fuera su dueño? No había tenido noticias suyas durante varias semanas y de pronto estaba allí, con su descarada y sensual actitud...

–Tengo un montón de trabajo retrasado, así que, si no has venido por ningún motivo específico, creo que deberías irte –Isobel alzó la barbilla con gesto desafiante. Era posible que Marco se considerara un auténtico regalo de los dioses para las mujeres, pero ella pensaba abandonar su club de admiradoras.

Marco sonrió. Casi había olvidado lo fogosa que era Isobel y cuánto le gustaba aquel rasgo de su carácter.

–En ese caso, es una suerte que haya venido por un motivo específico –dijo, y a continuación pasó un brazo por su cintura y la atrajo hacia sí para besarla.

Instintivamente, Isobel le devolvió el beso.

—Así está mejor —murmuró Marco cuando la soltó.

Isobel estaba tan conmocionada que no fue capaz de decir nada durante unos momentos. Un momento se estaba diciendo que Marco no le interesaba y al siguiente caía bajo su embrujo.

—No deberías haber hecho eso —dijo, sin aliento.

—Probablemente no, pero me alegra haberlo hecho. Y ahora, creo que deberías quitarte esa ropa mojada y...

—No pienso acostarme contigo, Marco —dijo Isobel con firmeza—. Tuvimos una aventura, pero ya acabó. Si crees que puedes presentarte aquí y...

Marco rió.

—Relájate, *cara*. Si quisiera acostarme contigo, ya estaríamos en la cama.

—¡Lo dudo mucho!

Marco dedicó a Isobel la mirada que le hacía sentir que su cuerpo empezara a derretirse. De pronto pensó que lo mejor sería no tratar de discutir aquel punto. Porque era evidente que la química que hubo entre ellos seguía allí.

—Ve a cambiarte, Izzy —insistió Marco con suavidad.

Isobel dudó un momento. Finalmente, con un encogimiento de hombros, fue a su dormitorio.

Marco había demostrado tener mucho descaro presentándose en su en su casa sin avisar, y, encima, un viernes por la noche, pensó, mientras buscaba en el armario algo que ponerse. Además, ¿qué hacía allí?, se preguntó de nuevo tras elegir un sencillo vestido negro. Se desvistió rápidamente y se secó un poco el pelo con el secador.

—¿Has comido ya? —preguntó Marco desde la sala de estar—. Si te apetece, podemos salir a comer algo.

Isobel habría querido aceptar, pero no le pareció buena idea saltar cada vez que Marco chasqueaba los dedos. Ya era lo suficientemente arrogante.

–He tenido un día muy ajetreado y no me apetece salir –contestó mientras se ponía el vestido. Tras pintarse un poco los labios, salió del dormitorio.

Encontró a Marco en la cocina, revisando el contenido de los armarios.

–Ya que no quieres salir, ¿tienes algo comestible en estos armarios? Acabo de asistir a una reunión de trabajo y estoy muerto de hambre.

–No me digas que el gran Marco Lombardi sabe cocinar –dijo Isobel en tono burlón.

–Claro que puedo cocinar. Soy italiano. Pero esto me parece un exceso –Marco sacó un paquete de pasta deshidratada del armario y la miró con expresión acusadora–. ¿Qué es esto?

Isobel rió.

–Lo siento, pero estás hablando con alguien que casi nunca tiene tiempo para cocinar.

–Hmm... y alguien que, por su aspecto, parece haber dejado de comer –Marco miró expresivamente a Isobel antes de añadir–: Te estás consumiendo, Izzy.

–¡Eso no es cierto! –negó ella, a pesar de saber que estaba perdiendo parte de sus curvas.

–Me temo que tendremos que conformarnos con esta pasta –dijo Marco, haciendo caso omiso de sus palabras.

El horno estaba encendido y la cocina resultaba muy acogedora. Resultaba muy agradable tener allí a Marco, pensó Isobel soñadoramente.

Pero era su parte más inconsciente la que hablaba. Disfrutó de su estancia en Francia con Marco, y desde su regreso lo había echado de menos... pero, probablemente, eso se debía a que estaba lista para una nueva relación. Una relación con el hombre adecuado, se recordó con firmeza. Y ese no era precisamente Marco.

Tenía que andarse con mucho cuidado.

Cuando vio que Marco empezaba a vaciar la bolsa de la compra, recordó que dentro estaba la prueba del embarazo que acababa de comprar. Prácticamente dio un salto para quitársela de las manos.

–Yo me ocupo de eso –dijo precipitadamente.

Marco sonrió.

–De acuerdo. Después puedes servir un par de vasos de vino y sentarte a ver trabajar a un maestro.

–Tu arrogancia no tiene límites, ¿no?

–La falsa modestia no te lleva a nada en la vida, Izzy.

Isobel terminó de vaciar la bolsa y, tras cerciorarse de que Marco estaba de espaldas a ella, fue rápidamente al baño a guardar la prueba del embarazo.

¿Qué pasaría si resultaba que estaba embarazada?, se preguntó, agobiada.

Marco estaba allí, y aquel despliegue de domesticidad estaba muy bien... pero no era real. La situación no era real. Sin duda había acudido a verla siguiendo un impulso caprichoso, y seguro que lo último que quería escuchar era que estaba embarazada... Estaba segura de que aún no había superado su relación con Lucinda, y tampoco la pérdida de su hijo.

No estaba embarazada, se dijo mientras guardaba la prueba en el fondo del armario del baño. Había tenido un periodo desde su regreso de Francia... ¿o no? Lo peor era que no lograba recordarlo.

Cerró la puerta del armario y apoyó la frente contra el espejo.

Todo iba a ir bien, se dijo con firmeza.

Tenía que ir bien.

Ya que la única mesa que tenía Isobel estaba en la cocina, comieron allí.

–¿Qué haces realmente aquí? –se obligó a preguntar Isobel mientras Marco le servía un vaso de vino.

–He venido a ver qué tal estabas. ¿Tan sorprendente te resulta? A fin de cuentas, nos divertimos bastante en Francia, ¿no?

–Sí, pero sólo fue eso: diversión. Lo cierto es que no esperaba volver a verte.

Marco tampoco había planeado volver a verla. No buscaba nada serio. Pero lo extraño era que, a pesar de sus esfuerzos, no había logrado olvidar a Isobel... y eso no era nada habitual en él.

Había tratado de decirse que sólo era una periodista y que no tardaría en publicar en el *Daily Banner* todo lo referente a su divorcio. Pero aquello no había sucedido; Isobel había mantenido su promesa y los comentarios que había hecho sobre su matrimonio habían sido muy comedidos... y también perspicaces. Y eso le había hecho pensar aún más en ella... y en las noches de pasión que compartieron, tan intensas, que ni siquiera había sido capaz de en tomar medidas de protección.

Acudiendo allí esa tarde esperaba dejar atrás todo aquello.

–Pensé que teníamos que dejar zanjados algunos asuntos –murmuró–. Y también quería decirte que había leído tu artículo.

–¡Oh! Supongo que esa fue la primera vez que abriste el *Daily Banner*. Es todo un honor.

Marco sonrió.

–No sé lo que esperaba encontrar, pero no el artículo que leí, desde luego. Mantuviste mi secreto.

–¿Acaso pensabas que no lo haría? –preguntó Isobel, dolida.

–Nunca doy nada por sentado, Izzy.

–Especialmente con una periodista, ¿no?

Marco asintió.

–Debería haberme fiado más de mis instintos en lo referente a ti. A veces soy demasiado cauteloso. Pero aprecio tu discreción.

–No hace falta que me des las gracias, Marco. De todos modos, te lo agradezco.

–Sé que no tenía por qué darte las gracias... pero quería hacerlo. Otra cosa que me desconcertó fue que no utilizaras las fotos que te di.

Isobel se encogió de hombros.

–Llegado el momento pensé que no las necesitaba. Si quieres puedo devolvértelas; las tengo a buen recaudo.

Marco tomó un sorbo de vino y la miró atentamente sin decir nada. Isobel apartó la mirada.

–Tengo entendido que vas a asistir al estreno de Lucinda la próxima semana.

–Veo que has estado leyendo las columnas de cotilleo –dijo Marco en tono irónico.

–En realidad ha sido la recepcionista del periódico. Me ha dicho que llevabas unos días en Londres y que ese era el motivo por el que habías venido.

–¿No es asombroso que una recepcionista desconocida para mí sepa más sobre mi vida que yo mismo? –Marco movió la cabeza–. Lo cierto es que he aterrizado en Heathrow esta misma mañana. Antes hicimos una parada en Dublín por motivos de trabajo.

–Oh... –Isobel no entendía por qué le complació tanto aquella información. A fin de cuentas, Marco no había tratado de ponerse en contacto con ella desde su despedida–. ¿Y es cierto lo del estreno?

–Eso es más complicado. Lucinda me pidió que asistiera, pero ese no es el motivo por el que estoy aquí.

–Déjame adivinar: tienes otros asuntos más importantes que atender aquí.

–Sí. Asuntos muy importantes...

Isobel notó que la mirada de Marco se detenía en sus labios y sintió un agradable cosquilleo por todo el cuerpo. ¿Cómo era posible que lo deseara tanto que casi resultara doloroso? Bajó la mirada hacia su plato. Hacía un rato que habían terminado de comer y ni siquiera se había dado cuenta.

–Voy a preparar un café... –dijo, tratando de centrarse en algo más práctico.

–¿Izzy? –Marco la miró con evidente curiosidad–. ¿Estás bien?

–Claro que estoy bien. ¿Por qué no iba estarlo?

Marco se encogió de hombros.

–Corrimos algunos riesgos en Niza...

¿Sería aquel el asunto importante que había mencionado? ¿Habría acudido para asegurarse de que no iba a recibir una sorpresa desagradable al cabo de unos meses? Isobel se preguntó cómo reaccionaría si le dijera que estaba embarazada. Pero no estaba embarazada, se dijo con firmeza... y si lo estaba, tendría que asimilar personalmente la noticia antes de hablar con él.

–Sí, fue una locura... –dijo con un encogimiento de hombros–. Pero no tienes por qué preocuparte por mí. Estoy bien –se levantó para llevar los platos al fregadero–. Tal vez deberías irte, Marco –añadió de repente.

–Tal vez –Marco se levantó y se acercó a ella–. Pero lo cierto es que no quiero irme.

–Lo comprendo, pero se está haciendo tarde y me siento bastante cansada.

–Tal vez deberías tomarte un poco de tiempo libre –Marco deslizó distraídamente un dedo por el brazo de

Isobel, que se sintió inmediatamente afectada por el contacto.

–Ya que estamos en el fin de semana, lo aprovecharé para descansar –sus miradas se encontraron e Isobel captó el evidente brillo del deseo en la de Marco–. No deberíamos... –el resto de sus palabras se apagaron cuando Marco la besó.

–Sé que no deberíamos... –dijo él, atrayéndola hacia sí–. Me lo he repetido muchas veces, pero, ¿cómo puede estar mal algo que resulta tan agradable, tan adecuado?

Isobel trató de ser fuerte.

–Eso no es necesariamente cierto...

Pero aquellas fueron las últimas palabras coherentes que logró pronunciar.

Isobel despertó a primera hora de la mañana y se acurrucó contra el cálido cuerpo de Marco. Le encantaba estar con él así. Le besó el hombro y volvió a cerrar los ojos. Fuera estaba amaneciendo y no había dejado de llover. Sería un placer pasarse el día en la cama, pensó, adormecida. De pronto sintió unas ligeras náuseas. Trató de controlarlas respirando profundamente, pero la sensación se acrecentó y tuvo que levantarse rápidamente. Llegó al baño justo a tiempo. Luego se sentó en el borde de la bañera, tratando de recuperarse.

¿Estaría embarazada?

Sabía que debía hacerse la prueba de inmediato, pero el mero hecho de pensar en ello le aterrorizaba. ¿Sería capaz de llevarlo adelante? ¿Podría ser la madre soltera de un bebé con un padre ausente? ¿Y si resultaba que era como su propia madre y no era capaz de enfrentarse a la situación?

Tenía que hacerse la prueba. Y tenía que hacérsela ya.

Capítulo 12

MARCO giró sobre sí mismo en la cama y miró el reloj de la mesilla de noche. Eran las seis de la mañana, y tendría que volver a su apartamento. Estaba jugando con fuego con Izzy.

Había sido tan cuidadoso desde su divorcio en lo referente a las mujeres con las que elegía mantener una relación... No quería ninguna relación seria en su vida, y se había asegurado de que todas sus noches de placer hubieran sido con mujeres experimentadas que supieran lo que había.

Entonces había aparecido Izzy, que no había encajado en sus esquemas, que le había hecho olvidar las estrictas reglas que se había impuesto tras su divorcio.

Debería haber puesto un freno a todo tras averiguar que era virgen. Debería haberse ido sin mirar atrás. Pero no había sido capaz de resistirse a ella.

Tampoco había sido capaz de resistir la tentación de volver a verla.

Masculló una maldición y salió de la cama. Tenía que irse de allí cuanto antes.

Ya estaba casi vestido cuando se dio cuenta de que Isobel llevaba mucho rato fuera del dormitorio. Sin terminar de abrocharse la camisa, salió al pasillo a buscarla.

Esperaba encontrarla preparando algo de beber en la

cocina, pero estaba junto a la ventana, contemplando el exterior.

–¿Izzy?

Isobel no se volvió de inmediato; no parecía haberlo escuchado. Vestía una bata azul y estaba descalza.

–Vas a enfriarte –dijo Marco con suavidad–. No hace precisamente calor.

Isobel habría querido contestar que enfriarse era la menor de sus preocupaciones. Se volvió para mirarlo y vio que Marco se estaba abrochando los botones de la camisa.

–¿Te vas?

Marco asintió.

–¿Por qué te has levantado tan temprano? –preguntó.

–No podía dormir –Isobel trató de sonreír–. ¿Y cuál es tu excusa?

–Siempre me levanto a las seis. Tengo cosas que hacer.

–Yo también –el orgullo acudió en defensa de Isobel. Necesitaba que Marco se fuera cuanto antes, pues empezaba a sentir ganas de llorar.

–Se suponía que ibas a pasar un día relajado –Marco apoyó un dedo bajo su barbilla para que alzara el rostro. Le pareció que estaba especialmente pálida–. Creo que has trabajado en exceso estas últimas semanas.

–Puede que me parezca más a ti de lo que crees. Mi trabajo es lo primero –Isobel tuvo que esforzarse para aparentar una despreocupación que estaba lejos de sentir.

Marco le acarició la mejilla y notó cómo temblaba. Era evidente que no estaba pensando precisamente en el trabajo, pensó con satisfacción. Y él tampoco. Deseaba tenerla de nuevo entre sus brazos, llevarla a la cama. Era la clase de mujer que podía meterse fácilmente bajo la piel de un hombre... Y ese era precisamente el motivo por el que debía irse cuanto antes de allí.

Isobel se apartó de él. Era incapaz de pensar con claridad cuando la tocaba. Sin embargo, sabía que aquello era sólo un juego para él. Marco podría tomarla allí mismo, en la cocina, para luego volver a su hotel y olvidarla. Aquel pensamiento le hizo volver a la fría realidad. Lo miró a los ojos y se preguntó cómo reaccionaría si le dijera que estaba embarazada. Estaba convencida de que se sentiría horrorizado.

–Tienes que irte, Marco –dijo con toda la convicción que pudo–. Voy a prepararme algo de beber y luego encenderé mi ordenador. Me gusta trabajar a primera hora de la mañana, cuando todo está en silencio. Seguro que a ti te sucede lo mismo.

Marco pareció un poco sorprendido por sus palabras, e Isobel trató de consolarse con ello mientras pasaba junto a él para poner agua a hervir. Resultaba reconfortante recuperar un mínimo el control. Marco estaba demasiado acostumbrado a salirse con la suya en lo referente a las mujeres.

Marco se apoyó contra la repisa de la ventana y contempló un momento la espalda de Isobel. Sabía que debía irse... pero de pronto empezó a dudar.

–Tienes razón; necesito irme.

–Cierra la puerta cuando salgas –dijo Isobel en tono despreocupado mientras sacaba una taza del armario.

Marco frunció el ceño. Sabía que si la tomaba entre sus brazos le haría cambiar de opinión, porque Isobel lo deseaba tanto como él a ella. Pero ¿sería justo que lo hiciera sabiendo que no quería una relación seria con ella... ni con ninguna otra mujer?

Isobel Keyes era distinta a las otras mujeres con las

que solía acostarse, y estaba seguro de que querría mucho más de lo que él estaba dispuesto a ofrecer.

–Parece que ha parado de llover –dijo Isobel, aún de espaldas a él–. Si te das prisa, a lo mejor no te mojas.

Marco estaba a punto de salir, pero de pronto se encontró tomándola por un brazo y haciéndole volverse.

–¿Ni siquiera vas a darme un beso de despedida? –preguntó, mirándola burlonamente.

–No hagas esto aún más difícil –susurró Isobel en tono de ruego–. ¿Por qué no dejamos las cosas como están antes de estropearlo todo? Ambos sabemos que esto no va a ninguna parte.

Marco frunció el ceño al recordar que él mismo había dicho algo parecido la última vez que quiso terminar con una relación.

–De acuerdo, *cara*... –dijo con voz ronca–. Si eso es lo que quieres...

–Es lo que quiero –replicó Isobel con toda la firmeza que pudo.

Asintiendo lentamente, Marco le soltó el brazo y salió de la cocina. Isobel escuchó sus pasos alejándose y enseguida oyó que abría la puerta de la casa.

Ya estaba. Sabía que debería sentirse satisfecha por haber logrado que se fuera... pero no se sentía satisfecha. Lo que sentía era que el mundo se desmoronaba a su alrededor.

Al experimentar unas nuevas náuseas, tuvo que ir corriendo al baño.

Marco apenas se había alejado unos metros de la casa cuando se detuvo en seco. ¿Qué diablos estaba haciendo? ¿De verdad quería que las cosas acabaran de aquel modo?

Isobel acababa de decirle que su trabajo era lo primero, pero, si era así, ¿por qué no había contado la verdad sobre su divorcio en el artículo que había escrito? ¿Y por qué no había utilizado las fotos que le había dado?

Recordó la dulzura con que le había devuelto los besos aquella noche, la pasión con que había reaccionado a sus caricias. Luego recordó el dolor que había captado en su mirada cuando le había dicho que lo mejor que podía hacer era irse.

Pero él no pensaba que lo mejor que podía hacer era irse. De hecho, estaba convencido de que no lo era. De manera que giró sobre sí mismo para volver a entrar. La puerta de la casa no estaba cerrada, de manera que pasó al interior y se encaminó a la cocina. Pero Isobel no estaba allí. Estaba en el baño. Oyó cómo vomitaba y, a continuación, el ruido del agua al correr. Luego, silencio.

—¿Izzy? ¿Te encuentras bien?

—Creía haberte dicho que te fueras —contestó ella al cabo de un momento.

—¿Estás enferma? —sin esperar respuesta, Marco empujó la puerta y entró al baño. Isobel estaba sentada en el borde de la bañera, secándose el rostro con una toalla.

—¿Qué diablos haces aquí? —preguntó, horrorizada por su intrusión.

Marco ignoró su pregunta.

—¿Por qué no me has dicho que te sentías mal?

La evidente preocupación de su tono estuvo a punto de hacer que Isobel se desmoronara.

—¡Haz el favor de irte, Marco! —la sensación de histeria de Isobel se acentuó cuando vio que Marco miraba el lavabo, en el que estaba la caja vacía de la prueba del embarazo.

–¿Estás embarazada? –preguntó anonadado.

Isobel quiso reír al ver su expresión... pero no era una situación precisamente divertida. Apenas se atrevió a seguir mirándolo.

–¡Te he hecho una pregunta! –repitió Marco, cada vez más irritado. Cuando Isobel lo miró, vio la verdad brillando en sus ojos.

–Sí, Marco, estoy embarazada.

Él se quedó unos segundos mirándola en silencio, como digiriendo la información.

–Anoche te pregunté si había habido alguna consecuencia y me dijiste que no...

–Anoche no lo sabía con certeza. Acababa de comprarme la prueba.

–Así que has esperado hasta esta mañana, has averiguado que estabas embarazada...¡y luego has tenido el valor de decirme que me fuera! –dijo Marco, furioso.

Aquello fue la gota que colmó el vaso. ¿Cómo se atrevía a enfadarse con ella?

–¿Y qué habrías dicho si te lo hubiera contado anoche, o esta mañana? «¡Oh, cariño, que maravilla! ¡Casémonos y vivamos felices para siempre!» –Isobel alzó una mano al ver que Marco iba a interrumpirla–. Estaba ironizando. No quiero que me propongas matrimonio. No quiero casarme contigo.

–Eso está bien, porque no tengo ninguna intención de proponerte matrimonio.

Se sostuvieron un momento la mirada antes de que Isobel apartara la suya.

–Al menos en eso estamos de acuerdo.

Marco movió la cabeza.

–¿Tú crees? Sigo sin entender cómo has podio dejar que me fuera sin decirme la verdad.

–¡Estabas deseando marcharte! –espetó Isobel–. Y lo cierto es que estoy conmocionada. Ahora mismo, ni siquiera sé cómo me siento... y no estoy en condiciones de enfrentarme a tus sentimientos.

Marco pareció calmarse un poco.

–Supongo que ambos estamos conmocionados.

–Sí, supongo que sí –Isobel hundió el rostro entre las manos–. Tuvimos un momento de descuido... Es injusto que haya parejas que pasan meses y años tratando de tener un hijo sin conseguirlo.

La realidad de aquellas palabras hizo pensar a Marco. Se produjo un largo silencio entre ellos mientras valoraba la situación.

–Tal vez deberíamos enfocar el asunto de otra manera –dijo finalmente.

–¿A qué te refieres? –preguntó Isobel con suspicacia.

–Me refiero a que la llegada de un niño puede considerarse un regalo.

–¿Un regalo? –repitió Isobel, al borde de las lágrimas.

–Sí. Un regalo maravilloso... más maravilloso que nada en la vida.

Isobel supo que Marco estaba pensando en su hijo. Probablemente estaba recordando lo que sintió cuando su mujer le dijo que estaba embarazada, lo que sintió cuando lo perdieron...

–Tienes que pensar muy cuidadosamente en lo que quieres, Isobel –Marco la tomó de la mano–. Puedo permitirme mantener a un niño. Puedo permitirme manteneros a los dos.

¿Por qué le habían dolido tanto aquellas palabras?, se preguntó Isobel mientras lo miraba a los ojos. ¿Por qué había latido más fuerte su corazón a causa de la esperanza? ¿Qué esperaba?

–En otras palabras, crees que es un problema que puede resolverse con dinero, ¿no? –preguntó a la vez que retiraba su mano de la de Marco–. Estamos hablando de un niño... no de un caballo al que puedas dejar olvidado en un establo.

–Lo sé.

–¿En serio? El dinero no puede arreglar esto, Marco. Un bebé necesita sentirse amado, querido...

–¿Y me consideras incapaz de amar a un niño?

–¡No! No es eso lo que pienso –Isobel se quedó mirando a Marco. Era evidente que aquel embarazo estaba despertando un montón de recuerdos para él, que estaba recordando la pérdida de su hijo. Habría querido decirle que aún no había superado la muerte de su hijo, ni la ruptura de su matrimonio, que seguía enamorado de su exmujer... pero se contuvo. No podía decirle todo aquello porque le asustaba escuchar la respuesta–. Ahora mismo no sé lo que pienso.

–¿Te estás planteando abortar? –preguntó Marco, claramente conmocionado.

–No, no estoy diciendo eso. Es solo que... –Isobel se mordió el labio–. Me había prometido no tener un hijo hasta que pudiera criarlo en un ambiente adecuado –su voz se quebró ligeramente cuando añadió–: Mi infancia fue tan caótica... no quiero que mi bebé tenga que pasar por eso.

No se dio cuenta de que estaba llorando hasta que Marco secó con delicadeza las lágrimas de sus mejillas.

–Yo te cuidaré y me ocuparé de ti, Izzy. No puedo decir otra cosa.

Isobel supuso que debería sentirse agradecida... pero no quería sentirse agradecida. Lo único que sentía era tristeza y enfado, y quería mucho más que eso.

Amaba a Marco, reconoció, impotente. Se había enamorado de él como una idiota... a pesar de saber que su relación nunca funcionaría.

–No quiero tus falsas promesas, Marco. Prefiero estar sola.

–No te estoy haciendo falsas promesas, Izzy. Pero no puedo... –Marco movió la cabeza y rodeó a Isobel con un brazo por la cintura para atraerla hacia sí–. No puedo volver a pasar por un matrimonio –añadió, casi en un susurro–. Nunca había fracasado en nada en mi vida, pero fracasé en eso. Espero que comprendas por qué no quiero repetir la experiencia.

–Lo comprendo, Marco –Isobel alzó la cabeza orgullosamente y se apartó de él–. Y yo te había dicho que no quería saber nada de casarme. No quiero nada de ti.

–Te pondré un piso aquí, en Londres –dijo Marco decididamente, como si no la hubiera escuchado.

–¿De qué estás hablando? ¡Ya tengo un piso! –espetó Isobel–. ¡No necesito tu caridad!

–Eso no tiene nada que ver con la caridad. Es algo meramente práctico. No puedes vivir aquí...

–¡Haz el favor de irte de una vez, Marco! –interrumpió Isobel, furiosa–. No quiero oír nada más sobre asuntos prácticos, muchas gracias.

–No estás pensando con claridad...

–Claro que sí –Isobel alzó la barbilla–. De hecho, creo que estoy pensando con más claridad que en muchas semanas. Gracias por la oferta, pero no voy a aceptar tu ayuda. No pienso dejar este piso, y sé cuidar de mí misma. Y ahora, haz el favor de irte.

Marco habría seguido discutiendo el asunto, pero, a pesar de su enfado y determinación, Isobel parecía exhausta.

–Me voy, Izzy, pero sólo de momento. Hablaremos de esto cuando ambos estemos más calmados.

–¡No hay nada más de qué hablar!

–Al contrario; hay mucho de qué hablar. Ahora ve a descansar. Te llamaré más tarde.

Capítulo 13

CREO que tus ideas para el artículo sobre Marco Lombardi están muy bien, Isobel. A la gente le gustará leer sobre su estilo de vida en Francia y su encantadora casa. Pero convendría que tuvieras más información personal.

Cuanto más repetía aquello su editora, más sentía Isobel que le subía la tensión. Habían hablado del tema muchas veces y empezaba a sentirse agobiada.

Hacía una semana que había descubierto que estaba embarazada, y desde entonces sentía que vivía en una especie de montaña rusa. Según pasaba el tiempo, lo único que sabía con certeza era cuánto deseaba tener su bebé.

–Tendrías que volver a ponerte en contacto con el señor Lombardi para obtener más información –dijo Claudia animadamente.

Isobel se preguntó qué pensaría si supiera que Marco había llamado varias veces aquella semana pidiendo verla. Pero ella no se sentía lista para verlo de nuevo, para hablar del asunto, como él quería.

También se había presentado en un par de ocasiones en su piso, pero no le había abierto la puerta. Habría querido hacerlo y, probablemente, ese era el problema. Porque le asustaba necesitarlo, le asustaba ser como su madre, incapaz de enfrentarse a la vida sin un hombre a su lado, aunque fuera totalmente inadecuado. Pero ella no era así, se dijo con firmeza. No necesitaba a nadie. Y pensaba demostrárselo tanto a sí misma como a su bebé.

–Ya sé que a Marco Lombardi no le gusta la prensa, pero tú ya le has hecho una entrevista –continuó Claudia–. Si pudieras llamarlo para conseguir otra, sería maravilloso. Podrías interrogarlo sobre los rumores que corren respecto a su exesposa. ¿Piensa asistir al estreno? ¿Existe alguna posibilidad de que vuelvan a estar juntos? Esa clase de cosas...

–No creo que sea buena idea, Claudia. El señor Lombardi está harto de que la prensa lo interrogue sobre su exesposa. Si empiezo a hacerle más preguntas, lo más probable es que se enfade y ni siquiera me permita escribir el artículo sobre sus casas.

–Estoy segura de que, con un poco de diplomacia... –Claudia se interrumpió al escuchar un murmullo procedente de las oficinas y se irguió para mirar por la ventana–. Hay un hombre muy atractivo ante el escritorio de Rachel... ¡y juraría que se trata de Marco Lombardi! –añadió, asombrada.

El corazón se Isobel empezó a latir con más fuerza. Marco nunca iría allí. Odiaba a la prensa, razonó calmadamente. Aquel sería el último lugar al que iría. A pesar de todo, se volvió para mirar, y comprobó consternada que, efectivamente, se trataba de Marco.

–¡Creo que sí es Marco Lombardi –Claudia se levantó como un resorte–. Cielo santo, Isobel, ¡esto es increíble! ¡De prisa, llama para que acudan algunos fotógrafos, enseguida!

Pero Isobel fue incapaz de moverse al ver que Marco avanzaba decididamente en su dirección. ¿Qué querría? ¿Qué iba a decirle?

Un instante después, Marco abría la puerta y pasaba al interior del despacho de Claudia.

–¡Señor Lombardi! –Claudia se acercó a él con una sonrisa de oreja a oreja–. ¡Qué sorpresa tan inesperada!

Marco asintió levemente con la cabeza y de inmediato posó su mirada en Isobel.

–Pasaba por aquí y, ya que nunca estás cuando paso por tu apartamento, he pensado en subir a verte.

Isobel fue vagamente consciente de que Claudia alzó tanto las cejas que casi desaparecieron en la línea de nacimiento de su pelo.

¿Qué podía responder a aquello?, se preguntó, furiosa. ¡Marco iba a conseguir que la despidieran! Respiró profundamente, ladeó la cabeza y dijo lo primero que se le ocurrió.

–¿Realmente ha pasado por mi apartamento? Ha sido todo un detalle por su parte, señor Lombardi. Acabo de dejar un mensaje en su contestador proponiéndole que nos reunamos para hablar sobre la posibilidad de un segundo artículo. ¡No esperaba que viniera a verme en persona!

–No debería sorprenderte tanto, Izzy –replicó Marco con el ceño fruncido.

–Guau... ¡esto es increíble! –Claudia empezó a revolotear como si acabara de tocarle la lotería–. ¡No sabía que Isobel ya le había dejado un recado! Estamos deseando dedicar un artículo a su casa en el sur de Francia. Esperábamos persuadirlo para que nos permitiera enviar algunos fotógrafos, e Isobel tiene muchas preguntas que hacerle sobre su regreso a Londres y el estreno de su exmujer.

–¿Me permitiría hablar un momento con su empleada a solas, señorita...? –Marco trasladó su atención de Isobel a la otra mujer y sonrió. Claudia estuvo a punto de derretirse.

–Señorita Jones... pero llámeme Claudia, por favor.

–Claudia –Marco estrechó la mano de la editora–. Creo que ha habido alguna confusión, así que, si nos permite un momento a solas...

–Por supuesto... Tómese el tiempo que quiera. Yo... esperaré fuera, en el despacho de mi secretaria.

–Estupendo –Marco abrió la puerta para ella y, antes de recuperar el aliento, Claudia se encontró al otro lado de ésta.

–¿A qué crees que estás jugando? –preguntó Isobel en cuanto se quedaron a solas.

–Yo estaba a punto de hacerte la misma pregunta –dijo Marco a la vez que daba un paso hacia ella–. ¿Por qué has estado evitándome cuando tenemos cosas tan importantes de las que hablar?

–No te estoy evitando. Te dije que necesitaba tiempo para asimilar esta... situación –Isobel se levantó y dio un paso atrás.

–Tómate el tiempo que quieras, pero entretanto deberíamos tratar de resolver esto juntos.

–No tienes por qué preocuparte por mí...

–Me preocupo por ti... y por mi bebé. Tenemos que hablar.

–¡Shh! –Isobel miró la puerta con evidente nerviosismo–. Habla bajo, por favor. ¡No olvides que trabajo aquí! No quiero que la gente empiece a bombardearme con preguntas... preguntas a las que no puedo contestar todavía. Suponía que lo entenderías...

–Pues habla conmigo ahora –dijo Marco sin apartar la mirada de ella.

Isobel respiró profundamente.

–No es el lugar ni el momento para hablar de ello...

–Pues toma tu bolso y sal conmigo para que podamos hablar mientras comemos.

–No puedo –Isobel echó un vistazo por la ventana y

vio que sus colegas de trabajo simulaban estar muy ocupados, pero sabía que todos estaban mirando de reojo hacia allí–. No podemos salir juntos. Causaría demasiado revuelo.

–¿Y?

–Ya te lo he dicho. Tengo que trabajar con estas personas. Van a querer enterarse con todo detalle de lo que me estás contando. Tengo una cita para hacerme una ecografía dentro de dos semanas. Si quieres, ven conmigo.

–¿Qué día, y a qué hora?

–El veinticinco, a las nueve y media. Y ahora vete, por favor –Isobel bajó la voz hasta que no fue más que un susurro–. No quiero que nadie se entere de mi embarazo... es demasiado pronto. Apenas puedo pensar con claridad estos días, y menos aún tomar decisiones.

–De acuerdo, me voy, pero tienes diez minutos para seguirme al coche.

–¡Marco!

–Diez minutos –advirtió él con brusquedad–. De lo contrario volveré –sin añadir nada más, giró sobre sí mismo y salió del despacho.

Isobel vio que, tras tratar de abordar a Marco sin ningún éxito, Claudia se encaminaba de vuelta a su despacho.

–¿Qué te ha dicho? –preguntó en cuanto entró–. ¿Va a dejar que enviemos algunos fotógrafos a su casa en Francia?

–No estoy segura –Isobel tomó su bolso–. Ha dicho que lo pensaría.

–¿Y has podido preguntarle algo sobre el estreno de su exmujer?

–No, todavía no. Ahora tengo que irme, Claudia. Te llamaré mañana.

Supuso un auténtico esfuerzo salir del edificio y, cuando lo hizo y vio la limusina de Marco esperándola fuera, frunció el ceño.

–Podrías haberme esperado en la esquina –dijo mientras se sentaba frente a él.

–Yo también me alegro de verte –replicó Marco con una sonrisa–. ¿Por qué has tardado tanto?

–Sólo han sido diez minutos...

–Diez minutos y una semana –interrumpió Marco, mirándola fijamente–. ¿Por qué me estás evitando?

–No te estoy evitando. Hablé contigo por teléfono. Te dije que el médico había confirmado mi embarazo, y acabo de darte la fecha en que van a hacerme la ecografía. Ya estás al día. Y no puedo decir que agradezca que me hagas abandonar el periódico de esta manera. Mi trabajo es importante para mí. Lo necesito.

–En realidad no lo necesitas –corrigió Marco con suavidad–. Te dije que me ocuparía de mantenerte.

–Y yo te dije que no quiero que me mantengas. Valoro mucho mi independencia, Marco –Isobel apartó la mirada cuando la limusina se puso en marcha–. ¿No te das cuenta de que nos estoy haciendo un favor a ambos?

–No, no me doy cuenta. Explícamelo.

–No nos queremos –murmuró Isobel roncamente–. Tuvimos una aventura y... se suponía que esto no iba a pasar.

–Se suponía que no iba a pasar, pero pasó, y ahora debemos enfrentarnos a ello.

–Estoy enfrentándome a ello –contestó Isobel, dolida–. Me estoy enfrentando a los hechos. Quiero a este bebé, Marco, pero tú no. En realidad no. Sólo tratas de hacer lo correcto. Y, para serte sincera, preferiría que no lo hicieras, porque yo ya sé lo que supone tener un padre que simula querer estar contigo cuando en realidad está deseando marcharse...

–Un momento... ¿de verdad piensas que no quiero tener este hijo? –interrumpió Marco con firmeza.

–Sé que no quieres tenerlo. Sé que no has superado la pérdida de tu primer hijo, y lo desolado que te sentiste...

–Es cierto que me sentí desolado tras su muerte, y me ha llevado mucho tiempo asimilarlo. Pero quiero este bebé, Izzy. Lo quiero más de lo que puedas imaginar.

La sinceridad de Marco hizo que los ojos de Isobel se llenaran de lágrimas, pero parpadeó furiosamente antes de que él pudiera verlas.

–Si de verdad piensas eso, lo siento... No debería haber tratado de mantenerte al margen.

–Disculpas aceptadas.

–Pero eso no significa que vaya a permitir que me pongas un piso, ni nada parecido. Sigo queriendo mantener mi independencia.

–Puede que mi sugerencia fuera un poco precipitada –reconoció Marco–. ¿Qué te parece si, a partir de ahora, nos lo tomamos día a día?

Isobel asintió.

–Pero tenemos que ser mutuamente sinceros. Si piensas volver con tu esposa, quiero saberlo...

–No voy a volver con Lucy –dijo Marco a la vez que la tomaba de la mano–. En otra época la amé... pero las cosas han cambiado.

Isobel no supo si creer aquello, pero, al menos de momento, tendría que conformarse, se dijo con firmeza.

Capítulo 14

ISOBEL sonrió al pensar que sólo faltaban unas horas para que le hicieran la primera ecografía. Sintió ganas de gritarlo a pleno pulmón para que se enterara todo el mundo, pero, afortunadamente, había quedado con Marco en mantener su embarazo en secreto. Por un lado, aún era demasiado pronto como para tentar al destino contándoselo a todo el mundo y, por otro, no quería ver su foto en todas las revistas y periódicos de cotilleo del país. Por suerte, su secreto estaba a salvo y no tenía que responder a incómodas preguntas sobre el futuro, porque lo cierto era que no sabía qué dirección estaba tomando su relación con Marco.

No se habían acostado desde la noche anterior a descubrir que estaba embarazada, y había una especie de continua tensión entre ellos. A veces anhelaba que Marco la tomara en sus brazos, y otras se decía razonablemente que era mejor que no lo hiciera, porque sabía que, en realidad, sólo estaba con ella por su embarazo.

Acababa de vestirse cuando sonó el timbre de la puerta. Por un momento se planteó no responder. No esperaba a nadie y estaba ocupada maquillándose, pero cuando el timbre volvió a sonar repetidas veces, decidió bajar.

—De acuerdo, de acuerdo —murmuró mientras se encaminaba hacia la puerta.

Era Marco. El mero hecho de verlo con su traje oscuro hizo que sus sentidos comenzaran a girar sin control.

–Espero que no hayas bajado las escaleras corriendo –dijo Marco con una ceja alzada.

–Has llamado con tanta insistencia que no me ha quedado más remedio –replicó Isobel.

Marco sonrió. Estaba encantadora con el pelo suelto, la piel radiante y los ojos brillantes.

–Tienes un aspecto magnífico, Izzy. ¿Ya se te han pasado los mareos.

–Eso parece. Pero, ¿qué haces aquí? –Isobel miró su reloj–. Pensaba que íbamos a vernos directamente en el hospital –de pronto pensó que tal vez había acudido para decirle que no podía acompañarla–. Si no puedes venir, no hay problema –añadió rápidamente–. Me las arreglaré perfectamente sola.

–Claro que puedo ir. He venido a recogerte.

–Oh, bien... –Isobel se encogió de hombros–. Pensaba que habíamos decidido quedar allí para evitar que la prensa nos vea llegar juntos.

–Fuiste tú la que dijo eso, no yo.

–¿En serio? –Isobel trató de mostrarse sorprendida, consciente de que Marco tenía razón–. En ese caso, pasa. Aún tengo que beber un par de vasos de agua para ayudar a que la ecografía se vea bien.

–De acuerdo –dijo Marco con una sonrisa. Habría querido estrechar a Izzy entre sus brazos para romper su distante actitud, pero se contuvo... como llevaba conteniéndose desde que sabía que estaba embarazada. Debía ser cauteloso, se dijo mientras la seguía a la cocina–. Tenemos que salir en diez minutos.

Notó que la mano de Isobel temblaba cuando tomó un vaso.

–¿Nerviosa?

–No, en realidad no –trató de mentir ella, pero al ver la mirada de Marco tuvo que sonreír–. Bueno, puede que un poco.

–Todo va a ir bien.

–Sí, lo sé –Isobel trató de hablar en tono despreocupado, pero hubo algo en el tono tranquilizador de Marco que conmovió su corazón–. Ya podemos irnos –añadió tras beber un segundo vaso de agua.

Apenas hablaron en el trayecto al hospital y cuando entraron en la clínica prenatal, Isobel se sintió muy consciente del espacio que había entre ellos. Habría querido que las cosas fueran distintas, que fueran una pareja real... pero pensar aquello era absurdo. Debía mantenerse fuerte, y tan independiente como le fuera posible, porque así iban a ser las cosas. Marco y ella sólo iban a estar juntos por su hijo, nada más.

Mientras daba su nombre en recepción no pudo evitar fijarse en cómo sonreían las enfermeras a Marco. Todas lo conocían, por supuesto, y las miradas que le dirigieron a ella fueron de evidente curiosidad.

–Puede que no haya sido tan buena idea que hayas venido –dijo mientras se sentaban a esperar–. Lo más probable es que salgamos mañana en los periódicos.

–¿Te preocupa? –preguntó Marco.

–En cierto modo sí. Van a bombardearnos con preguntas.

Marco se encogió de hombros y sonrió.

–Diles que se ocupen de sus propios asuntos, como hice yo cuando nos conocimos.

Isobel iba a contestar cuando una enfermera se asomó a la puerta y les avisó para que pasaran.

Había llegado el momento, pensó Isobel con ansiedad. ¿Por qué estaba tan asustada? Siempre había querido tener una familia, y su sueño había sido siempre el mismo: dos niñas y un niño, un marido que la adorara y que quisiera tanto a sus hijos que sólo viviera para su familia.

Debía haber visto demasiadas películas de Walt Disney, se dijo, irritada consigo misma mientras la doctora extendía una sustancia gelatinosa sobre su vientre. La parte del marido no iba a suceder.

–¿Es su primer hijo? –preguntó la doctora.

–Sí.

–Muy bien. Vamos a echarle un vistazo –la mujer empezó a deslizar la sonda por su vientre–. Si quiere ver a su bebé, mire la pantalla.

Tras unos momentos de silencio, la doctora frunció el ceño.

–¿Va todo bien? –preguntó Isobel, tensa.

–Creo que hay alguna irregularidad con el latido del corazón –dijo la doctora mientras volvía a deslizar la sonda–. Trate de no preocuparse....

Isobel miró a Marco. De pronto, él la tomó de la mano.

–Voy a pedir una segunda opinión –dijo la doctora mientras se levantaba–. Enseguida vuelvo.

El corazón de Isobel latía con tal fuerza que temió que fuera a explotar.

–¿Crees que hay algún problema, Marco?

–Trata de no ponerte nerviosa –dijo él–. No es bueno para ti.

–Supongo que te refieres a que no es bueno para el bebé. Seguro que preferirías no estar aquí conmigo...

–Claro que quiero estar contigo –aseguró Marco a la vez que se acercaba más a ella.

–Si no estuviera embarazada, seguro que ahora mismo estarías con tu exmujer, arreglando las cosas...

–Quiero estar contigo –repitió Marco.

Isobel negó con la cabeza.

–No. Sigues enamorado de Lucinda... Vuestra foto aparece en todos los periódicos de hoy.

–Ya te he dicho que aún somos amigos. Quería hablarle de ti... merece enterarse por mí de lo sucedido. Y no irás a empezar a creer todo lo que se publica en la prensa, ¿no?

Isobel bajó la mirada.

–No sé... Estoy asustada, Marco. Deseo tanto este bebé...

–Lo sé, y todo va a ir bien.

–Yo no estoy tan segura. Pero si sucede lo peor, al menos no te sentirás obligado a seguir conmigo –murmuró Isobel mientras una solitaria lágrima recorría su mejilla.

Marco sintió la dura punzada de la pérdida mientras Isobel decía aquello. Quería estar con ella. Lo deseaba tanto, anhelaba tanto que todo saliera bien... ¡No podían perder aquel bebé!

–No vas a perder al bebé, *cara*. Pero, si sucediera lo peor, seguiré contigo. Nos enfrentaremos a lo que sea juntos. Te quiero, Isobel... –Marco dijo aquello casi a la fuerza, con una angustiada expresión en la mirada–. No quería volver a sentirme así. Quería cerrarme a las emociones, concentrarme por completo en el trabajo... y entonces te conocí, y poco a poco te abriste paso hasta mi corazón, hasta mi alma. Ahora siento que formas parte de mí. No sé cómo ha sucedido. No quería que sucediera, pero ha sucedido.

Isobel se preguntó si estaría imaginando lo que acababa de escuchar.

–Me he estado engañando desde el principio en lo referente a ti –añadió Marco.

–¿De verdad me quieres? –preguntó Isobel sin ocultar su asombro.

–Sí. Pero he sido demasiado estúpido como para
darme cuenta. Me asustaba demasiado cometer otro error
–Marco estrechó cariñosamente la mano de Isobel–.
Quiero a este bebé, Izzy, y también te quiero a ti... pero
me asusta hacer promesas. No soy una apuesta segura...

–Ya te dije que no necesito promesas –murmuró Isobel–. Pero sí necesito oírte decir de nuevo que me quieres.

–Te quiero con todo mi corazón, querida Izzy.

–¿Y si le sucede algo malo al bebé? –preguntó ella,
casi con temor.

–Nos enfrentaremos a ello juntos.

Marco parecía tan seguro de sí mismo...

Isobel empezaba a preguntarse si estaría soñando
cuando la doctora regresó a la consulta acompañada de
otro médico.

Unos momentos después todos estaban mirando la
pantalla.

–Ah, sí... –el doctor asintió y señaló la pantalla–.
Está esperando gemelos, señorita Keyes –dijo con una
sonrisa–. Y parece que todo está bien.

Isobel se sentía totalmente aturdida mientras se encaminaban de vuelta al coche.

–¿Realmente acaban de decir que espero gemelos?
–murmuró, y Marco rió.

–A menos que ambos suframos del mismo defecto
auditivo... sí. ¡Esperamos gemelos!

Una vez en el coche, permanecieron un rato sentados
en silencio.

–Gemelos –repitió Isobel mientras se volvía a mirar
a Marco con expresión maravillada–. ¿Y acabas de decirme que me amas?

Marco sonrió.

–Sí. Todo es cierto.

–Entonces, ¿no estoy soñando? ¿Y tú no sigues enamorado de tu exmujer?

–No, Izzy, claro que no. Hace tiempo que ambos dejamos atrás esos sentimientos. Lucy es feliz con su vida, y yo también... porque por primera vez creo en las segundas oportunidades. Te quiero, Isobel Keyes –dijo con suavidad–. ¿Vas a darme esa segunda oportunidad? ¿Permitirás que te demuestre que soy de fiar... que puedo ser un buen marido?

–¿Un buen marido? –repitió Isobel con los ojos abiertos como platos–. Pensaba que no querías volver a pasar por eso...

Marco apartó con delicadeza un mechón de pelo de la frente de Isobel.

–Cuando he pensado por un momento que podíamos perder al bebé, de pronto me he dado cuenta de que también podía perderte a ti, de que tal vez te irías sin mirar atrás y, de pronto, la posibilidad de volver a arriesgarme con el amor no me ha parecido nada comparada con la agonía de no tenerte en mi vida.

–¿Estás completamente seguro de que esto no es un sueño? –preguntó Isobel con voz temblorosa.

Marco negó firmemente con la cabeza.

–¿Y tú, Izzy? ¿Permitirás que me ocupe de ti, que te proteja y te ame durante el resto de nuestros días?

Isobel rompió a llorar.

–No llores, cariño. Sé que te cuesta creerlo, pero prometo que no te dejaré en la estacada.

–Oh, Marco... te quiero tanto...

Aún entre los brazos de Marco, Isobel pensó soñadoramente que el beso que acababan de darse había sido tan maravilloso como regresar al hogar tras una larga y penosa ausencia.

Hasta que no se separaron no se dieron cuenta de que el coche estaba rodeado de frenéticos paparazis que no dejaban de tomar fotos.

–Creo que es hora de que vayamos a algún sitio más privado –dijo Marco, mirándola a los ojos–. ¿Volvemos a mi casa?

–Me parece una gran idea.

Bianca™

Kate acudió a esa fiesta para encontrarse con el hombre que había hecho arder su cuerpo de deseo...

Cristiano Maresca, piloto de Fórmula 1 de fama mundial, siempre pasaba la noche antes de una carrera en brazos de una hermosa mujer...

Cuatro años atrás, esa mujer fue Kate Edwards. La noche que pasó con Cristiano despertó sus sentidos y le hizo experimentar un placer inimaginable. Sin embargo, al día siguiente, el indomable Cristiano tuvo un accidente que estuvo a punto de costarle la vida. Poco después, Kate descubrió que estaba esperando un hijo suyo...

Aquella última noche

India Grey

Deseo™

Amor completo

YVONNE LINDSAY

El apasionado encuentro de Año Nuevo que Mia Parker tuvo con un guapo y sexy desconocido fue algo imprudente, increíble… y que nunca volvería a repetirse. ¿Cómo entonces accedió a casarse con él tres años más tarde?

Benedict del Castillo se había hospedado en el complejo Parker para escapar de los medios de comunicación y recuperarse de una lesión. No esperaba encontrarse con la chica con la que había pasado una noche de pasión y a la que no había olvidado. Tampoco esperaba retomar la historia donde la habían dejado. Hasta que vio al niño que llamaba a Mia "mamá".

¿Podría la aventura de una noche durar para siempre?

Bianca™

¿Accedería el orgulloso jeque a celebrar la noche de bodas aunque la boda se cancelara?

Angele ansiaba consumar su relación con el príncipe heredero Zahir tras casarse con él. Inocentemente, anhelaba que su prometido la esperara, como ella lo esperaba a él. Pero unas comprometedoras fotografías sacadas por unos paparazis acabaron con sus sueños de juventud.

Angele no estaba dispuesta a convertirse en la mujer de Zahir por obligación, ni someterse a un matrimonio sin amor. Romper… pero no sin imponer una condición.

Noche de amor con el jeque

Lucy Monroe